你最美的样子，就是做自己

佳园 / 著

中國華僑出版社
北京

图书在版编目（CIP）数据

你最美的样子，就是做自己 / 佳园著．-- 北京：中国华侨出版社，2019.11

ISBN 978-7-5113-7658-9

Ⅰ．①你… Ⅱ．①佳… Ⅲ．①人生哲学–通俗读物 Ⅳ．① B821-49

中国版本图书馆 CIP 数据核字（2019）第 224406 号

你最美的样子，就是做自己

著　　者：佳　园
责任编辑：刘雪涛
封面设计：李艾红
文字编辑：史　翔
美术编辑：吴秀侠
经　　销：新华书店
开　　本：880mm × 1230mm　1/32　印张：8　字数：220 千字
印　　刷：北京市松源印刷有限公司
版　　次：2020 年 2 月第 1 版　2020 年 2 月第 1 次印刷
书　　号：ISBN 978-7-5113-7658-9
定　　价：36.00 元

中国华侨出版社　北京市朝阳区西坝河东里 77 号楼底商 5 号　邮编：100028
法律顾问：陈鹰律师事务所
发 行 部：（010）58815874　　传　　真：（010）58815857
网　　址：www.oveaschin.com　　E-mail：oveaschin@sina.com

前言

PREFACE

美，不是空有皮囊，而是懂得欣赏自己、享受生活，敢于追求属于自己的人生。也就是说你最美的样子，就是做自己。

但是，很多人都已经活成自动化了，每天起床就启动自动模式，不知不觉，一天就过去了。或者大多数的人，把关注点放在外面的世界，有什么好吃的美食？别人喜欢不喜欢我？现在流行的话题是什么？我该增添哪些证书、头衔？我该累积哪些数字？但同时，对“我是谁？我的内在正在发生什么？”这类问题却陌生得不得了，与内在的自己完全疏离，甚至断了联系。

这个时代，不乏表演，不乏声音，不乏各种欲望的出口，但真实的自己反而被封锁得越来越深，孤独也越来越深。每个人似乎都需要卸掉身上的盔甲，让囚禁于心底的自己走出去，做最真实的自己。

于是，每个人都需要活得通透，需要懂得人一生中最值得付出的就是披荆斩棘地做自己。做自己就要知书而又内敛，沉静且不逐流，清晰地知道自己是谁，明白自己要的是什么。做自己就要坚持喜欢的，不必解释；与投缘的人交往，不用讨好；懂得与人相处，却不强求共鸣；相信爱，也接受失去；宁愿孤独，绝不将就……

做自己，并非标榜另类，博人眼球，也不是想做什么就做什么，而是要把自己塑造成想成为的样子：不盲从却御风而行，虽渺小却绚丽多彩。本书写给每一个迷茫、困惑、迷失自我的现代人。愿我们都能坚持做自己，在纷繁的社会，活得自由而通透。

生命很长，记忆的瞬间很短，加起来不过数年光阴，愿你做自己的主人，也做生活的英雄。

目录

Contents

第一章

做自己喜欢的事，活出一种姿态

第二章

当你又忙又美，何惧患得患失

第三章

在纷繁的世界里，做独一无二的自己

第四章

经济独立的女人，你有底气的样子真美

第五章

喝最烈的酒，爱最爱的人

第六章

掌控婚姻，身段要软方法要硬

第八章

愿你做自己的主人，活成自己喜欢的样子

第一章

做自己喜欢的事，活出一种姿态

准备好在大学改变命运

许多女孩费尽九牛二虎之力考入了某大学的某系某专业后大失所望，叹息道：“早知如此，真不该来。”由于自己所选择的学校与专业不如意，因而总是苦恼。她们中的多数从未考虑过“将来做什么”，也没有弄清自己有怎样的特长或潜能发展方向便选择了学校和专业。一般是由以下10方面的原因导致她们懵懵懂懂地就开始了自己的大学生活。

（1）单凭高考成绩与名次作决定。

（2）因为自己喜欢某市便选择了该城市的大学。

（3）仅仅因为是名牌大学而报考。

（4）只要是自己理想的学校，什么专业都无所谓。

（5）仅以考试分数相当为理由报考并无兴趣的专业。

（6）仅以现在就业率高为由选择专业。

（7）在教师的劝说下报考。

（8）在重能力的大学里，艺术系、体育系、语言学系难度低，所以报考这些院系。

（9）因为好朋友报考，所以自己也盲从报考。

（10）因为社会上普遍认为该校“一流”而报考。

在开始你的大学生活之前，除了了解自己以外，还要了解、研究一下这所大学、专业的内容与社会评价，如这是一所怎样的学校，都有哪些课程；人员配备如何，设备怎样；进行哪些教育等。我们先来看看下面这位母亲是以什么标准给自己的女儿选择大学的，或许你能从中受到启发：

我是一位母亲，我的女儿去年毕业，她的学习成绩处于年级的中等水平。我的家庭条件比较宽裕。我希望孩子能上一个一流的大学，而且在她年轻的时候，能到国外深造，去接受更好的教育。

女儿刚刚上高三时，我就开始对国内外大学进行考察。虽然女儿在学习成绩和素质方面均具备进入国内重点院校的实力，但考虑到中国“千军万马过独木桥”的高考现状，我还是设定了选择方案，即首选国内理想的重点院校，一旦未被录取，则选择合适的方式进入国外一流大学。

经过反复比较，我发现有一所大学在出国教育方面具有突出的优势。并且那所大学是一所教学严谨、历史悠久的全国重点大学，同时我看好的还有这所百年老校的雄厚师资和专业设施。当然我也考虑了费用的问题。

于是，我开始对这所大学进行了为期五个月的考察。其间，我经常访问该大学的网站，认真研究各种信息，跟踪学校的发展和变化，全面了解情况，并且我非常高兴地得知，经过两年的努力，凭借优异的学分成绩和托福成绩，这所大学有两个学生分别进入了国外的著名大学。至此，经过充分调研和论证，我确定选择这所大学。

看了这位母亲全方位的考虑，在你的心里是否也对在哪里读大学有了自己的见解呢？那么，作为女孩，我们到底该怎样选择在哪里开始自己的大学生活呢？

（1）你应该关注所选大学的教育质量，尤其是基础教育质量。随着社会的发展，大学教育也在发展，大学教育不是职业教育，大学教育的目的已经不是仅仅为你将来找份工作做铺垫，而是提高你的素质、挖掘你的潜能，如果你具备了这些，将来不论从事什么职业都会受益，所以，选择大学的时候要特别注意该校能否提供完善的基础教育。

在选择大学和专业的时候不必追求一个好听的专业名称，更不要盲目跟风，全然不顾自己的理想和兴趣，以及自己的短处和长处。就像以前很多大学纷纷选择会计系一样，现在这个专业毕业的学生多了，同样面临着就业难的问题。

对于一些合并后的大学，你要特别注意，自己会到哪个分校，究竟是什么样的老师来上课。

（2）关注所选大学的学风。一所大学的风气对学生影响非常大。在大学养成一个良好的学习习惯比在书本中学到的知识更重要，因为学习是贯穿一生的，大学的学习是其中的一小部分。此外，大学的风气也会影响一个人的品格。某些大学毕业的学生比较有闯劲，富有拼搏精神，这对一个人的成功是非常重要的。

（3）专业实力。这个因素也需要考虑，但不是那么重要，而且现在的趋势是招生专业不作细致划分，甚至有的大学已经不按专业招生。

（4）明确自己将来要做什么。自己希望从事的职业不同，所选择的大学也不相同。可以大致分为如下 3 种类型：

①在以大城市圈为中心、在全国乃至世界范围内开展业务的企业、政府部门就业。如果这样，那么选择全国招生的部属、地方大学是明智之举。

②扎根于家乡的土壤，选择对地区社会有所贡献的工作。如果这样考虑，那么最好报考当地的大学。

③因为家乡没有中意的单位，只好到大城市去发挥自己的特长。如果是这种情况，那么应该选择你比较熟悉城市的大学。

大学是培养学生专业知识、技能、技术，并教会学生怎样做人，造就专业人才的机构。作为女孩，决定在哪里读大学之前，先要考虑以上各个方面的问题。只有结合自己的人生规划、学校情况与就业去向选择大学及专业，才会得到事业的成功。

燃烧你的读书梦，让未来有更多自由和可能

经历了“十年寒窗”的苦读，熬过了“黑色六月”的炼狱，在众人羡慕的眼光中，你将进入人生辉煌灿烂的一个新时期。

当你跨入大学校门时，你有没有考虑过：我在大学里应该学

会什么？四年的大学生活我到底该怎样度过？这是每个即将踏入大学之门的女孩都必须思考的问题。某名校校长接受某报记者采访。记者问："大学应教给学生什么？学生应该学会什么？"该校长回答说："大学应该教给学生什么？是创新意识、创新思维、创新方法、创新能力。创新是大学的办学理念，也是一所大学的灵魂。而这种被称为灵魂的东西，需要教师传授。大学还应该教给学生做人的道理，教学生如何去做一个有理想、有知识、有能力、有责任感的人。学生在大学期间的学习，更多的是学习理论，打好知识基础，学会学习的方法和科学的思维方式，培养自己不断吸收新知识的能力。在这个所谓'知识大爆炸'的时代，工作中用到的东西，不可能在大学里都学到，是需要走出校园的大学生在实践中不断学习的。"

确实，进入大学校园，你不仅要学习文化知识，而且应在大学的文化氛围中汲取养分，提升自身素质和能力。在这里，将自己融入不同文化的交汇中，你将跳出原有地域、出身的局限，成为一个全新的女性。

有一位刚入学的大学女生慕名到一位老教授家求教。她问老教授："请问我在大学里怎样才能学好专业知识？"老教授摆摆手说："没什么好说的，在大学里是学不了多少专业知识的！"女生吃惊地问："我经历了十年寒窗的磨炼，好不容易考上大学了，怎么会在大学里学不到多少专业知识呢？"老教授解释说："学习专业知识固然重要，但是大学里更重要的是学习社会知识，学会做人的道理，否则就不算合格！”

如果我们仔细分析一下大学学习的特点，并将它与中小学学习相比，会发现，从学习理念上讲，大学的学习与中小学是完全不同的。在中小学阶段，学习是一种“小”的学习，它着眼的是培养学生基本道德品质，基本的社会行为规范，基本的社会科学和自然科学常识，以及基本的科学精神、科学思维能力。而大学作为青年人最终进入社会的“关口”，其实是青年进入社会的“实习基地”。它强调的是一种“大”的学习，它着眼的是培养青年人形成正确的世界观、人生观、价值观，教给青年人基本的职业知识、技能，教会他们如何实现自身价值与社会价值的统一，教授他们科学精神、科学思维，提高他们的创新能力……总而言之，大学的学习是一种“大”理念的学习，其基本内涵就是学会学习和学会做人。学会学习就是树立现代的学习观念，提高自主的学习能力，掌握正确的学习方法，运用科学的思维模式；学会做人就是树立正确的价值准则和道德观念，掌握一定的社会生存技能，培养团队精神和人际交往的能力。

以下是一份某省高校学生的学习状况调查情况，它向我们展示了当今大学生的学习状态。

自学时间：每天自主安排的学习时间平均为3.24小时，平均睡眠时间为7.5小时。

考试成绩：根据报告，上学期期末考试各门主课的平均成绩是优秀的占8.7%，良占42.9%，中占39.2%，及格占8.6%，不及格占 0.6%。

课业负担：认为课业负担（仅指老师布置的作业）很繁重的占 5.3%，较繁重的占 20.2%，一般的占 49.0%，较轻松的占 16.4%，很轻松的占 9.1%。

专业外学习和培训：参加其他培训或学习的大学生占 64.8%，其中参加辅修的大学生占 23.4%，在内容上，英语占 25.9%，计算机占 33.6%，其他占 5.8%。

对课程设置的兴趣：学生最感兴趣、认为最有价值并且学习起来最认真的课程首先是方法技能类课程，其次才是与专业有关的应用性课程，对专业基础课显然不是最感兴趣，但学习起来仍然是最用心的。

学习压力：首先最多的是来自就业竞争压力，自己额外增加学习负担 48.6%，其次是课程本身的负担 20.0% 和追求高分的压力 19.4%，以及来自父母或亲友期望的压力 12.0%。

由以上数据我们可以看出，大学生的学习与中学生是大不相同的。从学习的内容上看，大学生学的东西更多；从学习时间上看，大学生可自由支配的时间更多；从学习的自由和自觉度上看，大学生的自主权更大、自觉性更强；从学习的压力上看，大学生承受的社会压力更大。有位大一女生在经历了一年的大学学习生活后，感叹道："大学里的学习实在是太奇怪了，明明你每天都在学，却又好像什么都没有学到，但你又感觉到你的思想与以前不同了。"

这就是读大学所学习的东西，它教你学会的并不主要是书本上的知识，更重要的是，它教你学会了一种思维的方法、一种能力！这就是大学学习的奇妙之处。

能考上大学，说明你掌握了一定的知识，但并不能说明你的能力很强。那么，作为一名大学生，在学校期间，知识和能力，到底哪个更重要呢?

知识是人类改造自然与社会的经验结果，它是“死”的东西。比如，某一个数学公式、某一段历史等，这些都是知识。你掌握了某方面的知识，就可以加以利用。能力是“活”的，是在知识基础上更高层次、更为普遍的东西，如记忆力、理解力、创造力等。

知识仅仅影响你在有限领域中的活动效率，如语文知识只影响你在写作、文学领域的活动效率，不影响其他领域。能力影响你的各种活动效率，如记忆力影响人们对许多事物的记忆，创造力影响你在一切活动中的创造性。

知识比较容易改变，既可以通过强化训练和突击背诵而获得，也可能因遗忘而丧失。能力则是相对稳定的、需要较长时间才会发生变化的。知识是快变量，能力是慢变量。

知识是指一个人的现有文化水平。能力则是一种可能性，它不是一种已经表现的水平，而是一种潜力。

知识水平易受环境影响，在良好的环境和教育下，知识可以迅速增长。能力水平则不受环境的影响。环境因素可以加快或阻碍一个人能力的发展，但作用时间长，影响较小。

知识与能力哪个更重要呢？能力是掌握知识的前提，如果一个女性整体能力比较强，仅缺乏某方面的知识，并不会最终影响她的成就，她可以学习这方面的知识。缺乏某方面的能力，对女性未来的影响将会很大。但是能力又是在掌握知识的过程中表现和发展起来的，而且现代社会里如果没有一定的知识，就不容易找到发挥自己能力的机会。所以，知识和能力是相辅相成、缺一不可的。

作为一名新时期的大学女生，必须学会学习，学会做人，将书本知识和能力结合起来，积极适应大学生活。只有这样，才能提高自己的知识水平和综合素质，才能真正学有所成。

你有你的力量，肯定自己的能力奔你的前程

一个人的能力大小决定其人生目标和理想能否实现。因此在制定发展目标的时候，必须从自己的实际能力出发，认清实现目标的条件，分析这样的条件目前是否已经具备，估算目标与现实之间的距离，凭自己的能力能否消除这种距离。女性在选择自己的学校及专业的时候，必须先清楚自己的能力，看自己有没有能力达到目标。只有找对适合自己的方向，才可能获得成功。

人生最大的难题莫过于：知道你自己！许多人谈论某位企

业家、某位世界冠军、某位著名电影明星时，总是赞不绝口，可是一联想到自己，便一声长叹：“我不是成才的料！”这些人认为自己没有出息，不会有出人头地的机会，理由是“生来比别人笨”“没有高级文凭”“没有好的运气”“缺乏可依赖的社会关系”“没有资金”等。

一位教授分析道，通向成功的道路有许多条，在不同领域不同行业，人们取得成功所需要的才能和智慧是不一样的。每个女性都有自己擅长的一种或几种才能。

有的女性表现出空间天分，这类女性的视觉似乎特别发达，喜欢把事物视觉化，即把文字或语音信息转变为图画或三维形象，可能在绘画、摄影、建筑或服装设计、造型艺术等方面表现出兴趣和特长，可以选择与之相关的专业学习。

有的女性表现出音乐天分，这类女性的听觉特别发达，很小就表现出对音准和声音变化的高度敏感，并能迅速而准确地模仿声调、节奏和旋律，所以她们可选择与音乐有关的专业。

有的女性表现出运动天分，这类女性能很好地协调肌肉运动，体态优美而且举止恰到好处，通常在体育运动、机械、戏剧和其他操作工作中有杰出表现，很容易成为优秀的演员、舞蹈家、运动员、机械师和外科医生，所以，在大学学习时可考虑选择与之相关的专业。

有的女性很有逻辑、数学天分，这类女性喜欢并擅长计数、运算，思维很有条理，经常向家长或老师提问题，追问为什么，并愿意通过阅读或动手实验寻找答案。如果好奇心能得以满足，那么她们很可能在理科学习和研究上取得好成绩。

有的女性很有语言天分，这类女性说话早，对语音、文字很有兴趣，喜欢听故事、讲故事，喜欢绕口令和猜谜等语言游戏，喜欢读书和听别人读书，很可能成为成功的作家，这样的女性可以选择与语言有关的专业。

有的女性擅长人际交往，这类女性比较容易理解他人的感受，能够和各类人相处，在各种情况下都能恰当地表达自己，经常充当团体的领袖人物，比较容易在政治、教育、管理或社会活动等领域取得成功，她们可以选择工商管理、行政管理等相关的专业学习。

有的女性善于了解自身的能力和情感，喜欢独立工作，善于反省自己，这样的女性可以选择独立性较强的专业学习。

每个女性都有自己独特的学习风格。有位奥运会金牌得主，在刚上学的时候，她很害羞，在语言表达和阅读方面都遇到了困难，为此她受到了同伴的嘲笑和捉弄。这一切令她非常沮丧。她决心把所有时间和精力投入能够掌握和精通的事情上，以向别人表明她能做成一些事情。她喜欢并且精通舞蹈、杂技、体操和跳水，于是她集中精力发挥自己的运动天才，开始在各种体育比赛中崭露头角。

古今中外许多成功人士，由于学习方式的差异，曾经在学校里遇到严重的学习困难。虽然学习方式和学校教育格格不入，但都用自己的方式去学习，最终找到适合自己的路，充分发挥了自己的才能和特长。你发现自己的特长了吗？按照最适合自己的方式在生活中充满自信地前进吧！

发展个人兴趣，才能蓬勃爆发

女性对某一专业是否有浓厚的兴趣，对于她的学习活动有着相当重要的意义。

有位著名学者在寄语大学新生时语重心长地说："首先，学习要有兴趣，要学好任何学科，最重要的是靠自己内在的兴趣，学而无趣，是学不深的。"

学习兴趣是对所学知识的热爱，有了这种兴趣就会产生无穷的动力和求知的渴望。一个女性若能顺从自己的兴趣去做自己的事，这实在是一种幸福，一种令许多人羡慕的福气。特别是女大学生，能选择，或能找到、能发现一个自己喜欢的专业去学习，即使在常人看来它很枯燥、很单调，她也会感到学习生活丰富多彩、趣味无穷。这种幸福是一种人生价值实现的幸福，是最高的幸福。

研究表明，如果一个人对某个专业有兴趣，他就能发挥其全部才能的80% ~ 90%，并且能很长时间保持高效率而不知疲倦。相反，如果他对某个专业不感兴趣，则只能发挥其全部才能的

20%～30%，而且很容易精疲力竭。古今中外，有许多著名的科学家、艺术家、文学家都是在强烈兴趣的驱动下取得学业和事业成功的。比如，达尔文，起初因为对所学的医学、数学、神学都缺乏兴趣，都被编到“慢班”学习，但他对打猎、搜集标本等却兴趣浓厚，以至于后来成为著名的生物学家。

有一位酷爱文学的大学女生是这样描述她的专业选择过程、她对专业热爱以及她是怎样走上成功之路的：

高考失利，使我逃离了别人为我选择的大学，意外地进入了自己感兴趣的另外一所大学的中文系学习。也曾被人笑作傻，也曾有人替我惋惜，更多的人则惊讶于我的固执，然而，我的生活却从此充满了阳光。遨游在文学的海洋中，汲取着丰富的知识营养，认真倾听古人的诉说并与之交心，这种感觉，前人早已为我们创造了许多难以形容的词汇，如心满意足，如心花怒放……兴趣是永恒的航标。当一些同学因背诵《离骚》而苦不堪言时，我却全身心地与屈原交流，形神相通，心灵交汇，我触摸到的是一个时代的悲剧的沉载。完全无功利地、全身心地学习，不存一丝杂念，不为名不为利，只因为心中的一份渴望，在广博的文学海洋里我快乐地遨游。进入大学半年后，我就凭着扎实的文学功底和敏锐的文学感悟力出类拔萃，而这一切都源于我对文学的兴趣。大二开始，我就向各类报刊投各种文体的稿件，不久，“豆腐块”不断地在各类报刊上出现，从县级到市级，再从市级到省级，最后到了国家级报刊，文稿也从“豆腐块”变成了长篇大论。一次又一次，终于我在毕业后，凭着我的“兴趣”——实际上也是“兴趣”的证明，在某高校党委宣传部找到了我的一席之地。因兴趣而崇拜，因崇拜而神圣地学习并吸收，因吸收而超越，因超越而成功，这也许就是我在文学这条道路上的一个个坚定的脚印。每当看到昔日考分比我高、大学比我好的同学整日唉声叹气、埋怨专业不理想时，我庆幸自己的选择。按照自己对专业的兴趣而选择，又按照选择而为之努力奋斗，一颗心灵的种子撒下去，收获的必然也是一份心灵深处的激动与丰厚的回报。

上面这位女生的经历证明，兴趣对于学习、对于成功、对于人生价值的实现有着举足轻重的意义。对女性而言，说到对学习的兴趣，就不得不涉及专业选择的话题。因为，从某种意义上说，兴趣与专业的选择是相关的。那么，怎样根据你的兴趣特征确定专业呢?

下面列举了几种选择以供参考：

（1）喜欢同具体事物打交道，而不善于与人交往的女性，可选择诸如制图、勘测、工程技术、建筑、机械制造和财会等专业。

（2）喜欢与人交往，善于适应新环境的女性，可以选择行政管理、新闻、市场营销和旅游等专业。

（3）愿意从事有规律的工作，办事仔细，喜欢按照常规、有规律、有秩序地工作，可考虑选择图书管理、档案管理、信息管理和统计等专业。

（4）乐于助人，办事严谨、认真的女性，适合选择法律、教师、医生等职业和相应的专业。

（5）对人的行为举止和心理变化感兴趣，喜欢研究人的行为、探讨人性奥秘的女性，建议选择心理学、政治学、社会学和人类学等专业。

（6）喜欢掌握一定的权力，希望受到人们尊敬，渴望获得声望的女性，可考虑选择公务员、企业管理干部等职业和与之相关的专业。

（7）喜欢抽象思维，对分析、推理、试验感兴趣，喜欢独立地进行创造性工作，对自己的学识、才能充满自信的女性，应该选择与科学研究、科学试验和产品开发有关的职业及相应的专业。

（8）擅长形象思维，喜欢观察思考，在语言表达、文字能力或创作、表演方面有天赋、有浓厚兴趣的女性，应该选择文学创作、影视艺术创作、影视剧表演、节目主持等职业和相应专业。

（9）喜欢动手，善于制作和创新，思维敏捷的女性，可以选择机械制造与维修、建筑设计、服装设计、电子技术、园艺等职业和相应专业。

作为女大学生，如果能够学自己感兴趣的专业，这当然是好事。但在大学校园里，也有这样一群女生，她们目前所读的专业并不是她们报考时所填的专业，而是被调剂的。这些被调剂的学生由于对专业不了解，认为专业不理想，所以对它也不感兴趣，整日忧心忡忡，学习没有动力。这些在大学中为专业而苦恼的同学应该怎么办呢？

兴趣不是天生的，它更多的是靠后天培养的。如果，你在没有了解所学专业的前提下，轻言放弃，这样做无疑是不明智的。试着去了解你的专业，试着去发现其中的闪光点，你也许会有意想不到的收获。

放弃考研不难，但坚持一定很酷

时间总是过得比想象中的要快，刚进入大学校门时的激动和羞涩还历历在目，不知不觉中却又到了和这一段激情岁月挥手道别的时候。对大多数女生来说，这是一个关键性的时刻。在这人生的岔路口，我们应该何去何从？是从此告别学习生涯，步入社会，还是考研继续深造？

这样的问题，或多或少、或隐或现地存在于女生的内心深处，使人焦躁，也使人激动。

曾有人用“千军万马过独木桥”来形容高考，过了桥的便是所谓的幸运儿了。如果说高考这座独木桥是多数人不得不面对的现实，那么考研并不是大学生唯一的选择。可是，许多女大学生在面对残酷的职场竞争时，还是选择了考研，不管她们的动机是怎样的，但不可否认的是，考研，已经成为大学校园里的一种“时尚”，但这种“时尚”对于她们来说一点也不轻松，它是一种让人感到“无奈和沉重”的“时尚”。首先让我们来看看考研的成本。

由于地域、学校、专业等方面的差异，读研究生的成本会有比较大的出入，所以只能估算一下。

先算算考研的成本：买专业课书籍和公共课书籍资料的费用1000元左右；英语政治辅导班费用1000元左右；去有关学校听专业课费用1000元左右；为有一个好的学习环境，在校外租房半年，房租水电费每月250元，半年共1500元；考试报名费、材料邮寄费等合计200元；参加复试地来回差旅费大约500元。这样算下来，考研的经济成本就已经达到5200元。这还不包括考研时巨大的心理成本和考前大量的时间成本。

再来看看读研究生期间的费用：每年学费6000元（公费研究生学费只要3000元左右，但公费研究生的比例已经非常小，而自费研究生每年学费大都要8000元以上）；每年住宿费1200元；每月生活费、书籍费500元，除去寒暑假，以一年10个月计算，共计5000元。按照这样计算，三年下来共花费36600元。

既然考研的成本这么大，回报也没有预期的那么丰厚，那么，是不是没必要读研了呢？我们也不能断然下结论，在你决定之前，请你先考虑以下几方面因素吧！

（1）自己的专业。有的专业侧重于实际经验，如护士，工作三年可能比读三年研究生学到的东西更多更有用，而有的专业则需要更深的理论知识，需要学的更精才会有所成就。这一点可以向自己学校的老师和师兄、师姐们请教。

（2）本专业考研者就业的情况。你可以了解一下往年本专业考研者的就业情况。

（3）自身的情况。有的女性喜欢继续在象牙塔里学习，而有的女性则倾向于在社会上锻炼自己。这一点要根据自身的情况来决定。但这里想提醒大家两点：

①自己要保持清醒。选择了考研就一定要明确自己的目的，想学什么专业，毕业后向什么方向发展，自己的心里一定要非常清楚。有的女生看到别人都考研了，觉得自己不考将来可能就要和同学们差一个档次；还有的看到别人找到了不错的工作，就开始犹豫，自己是不是也应该趁现在有机会先挣钱再说。这种盲目的心态是不好的。

②个人及家庭的经济情况。如果家庭经济条件允许，你考研的目的也很明确，这样的话，你可以选择考研。

“条条大路通罗马”，无论是继续深造还是工作，都只是成功的不同选择而已。但有一点，你在什么时候都要有真才实学，否则不管你是在跨国公司工作还是博士后毕业，早晚都会露出原形，被社会淘汰。

趁年轻，实现自己的梦想

不甘平庸的女人，必须要有明确的追求目标，才能调动起自己的智慧和精力。

当下海热遍布全国时，你奋不顾身地下海；当出国风光时，你挤破头也要走出国门镀点金；当公务员热兴起时，你又忙着考公务员……忙忙碌碌的生活，看似充实，实则苍白不堪。

在选择之前，我们不妨先冷静地问一下自己：我究竟想做什么？

世界上没有一片叶子和别的叶子完全相同，更没有一个人与别人完全一样。认真做自己，就必须找到你与他人不一样的地方，即独特之处。而且，这种发掘不能依靠他人，只能自己去寻找，因为谁也不会比你更懂得你自己。

一个炎热的夏日，一群女性正在一个公司的车间工作，这时，几位高层领导的视察打断了她们的工作。几位领导中的一位女性走到车间主任郭婷的面前停了下来。对车间主任说："辛苦了，老郭！"然后，她们进行了简短而愉快的交谈。在长达一个多小时的交谈后，总裁和车间主任郭婷热情地握手道别。

郭婷的下属立刻包围了她，她们对她是公司总裁的朋友感到非常惊讶。郭婷解释说，二十多年以前她和这位总裁是在同一天开始在这个公司工作的。

其中一个人半认真半开玩笑地问她："为什么你现在仍在车间工作，而她却成了总裁？"郭婷说："二十多年前我为 1 小时 1.75 美元的薪水而工作，而她却是为事业而工作。"

事实告诉我们，如果你为赚钱而努力，那么你可能会赚很多钱；但是，如果你想做一番事业，那么你就有可能不仅赚很多钱，而且会拥有一番事业，从中得到自我满足和体现自身价值。

总之，你必须要有崇高的目标，知道自己要做什么，然后为这些目标付诸行动，这样才能获得你想要的成功。

每个人都追求成功，那么你如何为“成功”下定义？很多人以为成功与否是由别人来评价的，实际上，你的成功与否只有你自己能作评判。绝对不要让其他人来定义你的成功，只有你能决定你要成为什么样的人、做什么事，只有你知道什么能使你满足、什么能令你有成就感。

不了解自己的女性是不可能获得成功的。知道自己想要做什么后，还要全面认识自己，客观地评价自己，知道自己能做什么，这样才能在选择工作的时候，寻找到自己在社会坐标系中的恰当位置，既能有效地发挥自己的才能，又能充分挖掘自己的潜能，从而实现自己的梦想。

有一位北大女生毕业后，很多单位都想高薪聘请她去工作，可令人惊奇的是，她却选择了别人不看好的一份工作，当别人问她为什么不选择其他高薪的职业时，她自豪地说：“我就是喜欢我现在的工作，我能把它做得很好。”后来，她的事业蒸蒸日上，与她能客观地认识自己，知道自己能做好什么是分不开的。

可见，客观地认识自己是多么重要。认识自己并发现自己的特长和潜能，就如同掌握一门根雕艺术。树根千姿百态，艺术家要善于根据树根的天然形状顺势雕刻成栩栩如生的艺术品。其实我们每位女性也与树根一样千差万别，各有特色。只有根据自己的特点，才能在人生的十字路口作出正确的选择。希腊哲学家把认识自己看作生命的一个重要目的。古人云："知己知彼，百战不殆。"我们只有正确认识自己，才能知道做什么样的事业可以真正发挥自己的潜能，从而得到最大的回报，实现自己的人生目标。

气质，是你性价比最高的竞争力

气质是一个人典型而稳定的心理特征，这主要表现为一个人情绪体验中的强度、速度，以及动作反应的敏捷性等。性情和脾气是气质的集中反映。

人的气质具有较大的差异性，所以人们在日常行为中所表现出来的性情和灵敏度必然会存在一定的差异，从而影响个人捕捉机遇的能力。气质对一个人的行业与职业选择、机遇的捕捉都有重要影响。所以，女性应该根据自己的气质正确地面对挑战，谋求适宜的职业与人生环境，从中获取各种最能发挥自己气质特点的良机，获得幸福。

有心理学家认为，人的气质分为 4 种：一是强而平衡，灵活性高的多血质；二是强而不平衡的胆汁质；三是强而平衡，灵活性低的黏液质；四是弱性，易抑制的抑郁质。

一般来讲，胆汁质型的女性直率、热情，性格外向且精力充沛，适宜从事教育、社交等工作，比较容易在推销、企业管理、公共关系等工作中得到机遇，取得成功。同时，由于胆汁质型的女性神经活动的兴奋性很高，思维机敏灵活，动作反应迅速，这类女性在侦察、侦探以及自然科学领域也较容易捕捉良好的机遇，获得成功。在气质上明显属于胆汁质型的女性，一般不宜做医生、精密仪器等方面的工作，因为这种气质的女性对这类职业感到难以适应，因而很难成功。

多血质型的女性活泼好动，敏感而反应迅速，情感外向。这类女性多喜欢与人交往，好结交，对新环境的适应性较强，有“四海为家”的生活习性。这类女性适宜从事自动化操作、打字和商品推销等工作。

黏液质型的女性心境比较安静、稳定，坚持性与耐力好，适宜选择那些需要耐心与情绪稳定的职业和环境，如科学研究、微电子技术和外科手术等。

抑郁质型的女性明察秋毫，情绪体验深刻，做事细心、谨慎，却多愁善感，遇事优柔寡断，性情孤僻，行动、反应迟缓。以自我作为行动的出发点，行为特征表现为静态、主观与理想化，因而在行动上常会产生一些主观随意，固守着一种浪漫主义的行动逻辑。这种女性可以成为小说家、思想家与哲学家，适宜做一些需要安心、细心和耐心的工作，如会计、审计和信息处理等。

各种气质都有自己的优缺点，而且它和人的个性紧密联系在一起。女性在择业时如果能够全面了解自己的气质类型，选择适合自己的职业，就能捕捉到更多的机遇，取得事业的成功与人生的幸福。

下面是一个小的气质类型测试，你可以根据自己的实际情况填写后进行自我测评。

下列4组气质类型测试题，可以帮助你确定自己的气质类型，请你依次阅读题目，对完全符合自己的题目计3分；如果有的题目处于模棱两可之间——既符合又不太符合的则计1分；对于不符合自己情况的题目计0分。最后计算出自己在每种气质类型的总分。

A组

1. 到一个新环境很快就能适应。

2. 善于与人交往。

3. 在多数情况下情绪是乐观的。

4. 能够很快忘记那些不愉快的事情。

5. 接受一项任务后，总希望迅速完成。

6. 能够同时注意几件事情。

7. 疲倦时只要短暂休息，就能精神抖擞地重新投入工作。

8. 讨厌做那些需要耐心、细致的工作。

9. 符合兴趣的事干起来劲头十足，否则就不想干。

10. 假如工作枯燥乏味，马上就会情绪低落。

总分 ________

如果你在这组测试中取得高分，那么你属于多血质的气质类型，较适合从事记者、律师、公关人员、艺术工作者、秘书和其他社会工作。

B组

1. 喜欢在公开场合表现自己，有强烈的争第一的倾向。

2. 做事有些莽撞，常常不考虑后果。

3. 做事总有旺盛的精力。

4. 宁愿侃侃而谈，不愿窃窃私语。

5. 容易激动，每每出口伤人，而自己并不觉得。

6. 羡慕那些能够克制自己感情的人。

7. 喜欢运动量大和场面热烈的活动。

8. 情绪高时，干什么都有兴趣；情绪不高时，干什么都不感兴趣。

9. 认准一个目标就希望尽快实现，甚至饭可不吃，觉可不睡。

10. 遇到可气的事就怒不可遏，想把心里的话一吐为快。

总分 ________

如果你在这组测试中获得高分，那么，你就是胆汁质气质类型的人，较适合做运动员、勘探工作者、演说家、营业员和宾馆招待员等。

C组

1. 善于克制、忍让，不计较小事，能容忍别人对自己的误解。

2. 能较长时间地在某一事物上集中注意力，不容易分心。

3. 能够较长时间地做枯燥单调的工作。

4. 不易激动，很少发脾气，情感很少外露。

5. 不喜欢长时间谈论一个问题，愿意实际动手。

6. 对工作采取认真、严谨、始终如一的态度。

7. 喜欢有条不紊的工作。

8. 与人交往不卑不亢。

9. 遇到令人气愤的事能很好地自我控制。

10. 喜欢安静的环境。

总分 ________

如果你在这组测试中获得高分，那么你就是黏液质气质类型的人，较适合的职业有医务工作者、图书管理员、翻译和教师等。

D 组

1. 宁愿一个人干，不愿和许多人在一起。

2. 心中有事，宁愿自己想，也不想说出来。

3. 学习和工作时常比别人更感疲倦。

4. 对新知识接受很慢，但理解后就很难忘记。

5. 爱看感情细腻、人物心理活动丰富的文学作品、电影、电视。

6. 遇到问题总是举棋不定，优柔寡断。

7. 碰到陌生人觉得很拘束。

8. 厌恶那些强烈的刺激，如尖叫、噪音、危险的镜头。

9. 感情比较脆弱，一点小事就引起情绪波动，容易神经过敏。

10. 当工作或学习失败，会感到很痛苦，甚至痛哭流涕。

总分 ________

如果你在这组测试中获得最高分，那么，你就是抑郁质气质类型的人，较适合从事文艺写作、绘画、打字和校对等职业。

如果你在某一种类型的得分明显高于其他三种（均高于4分以上），则可定为某典型气质；如果两种气质的得分接近（差异小于3分），且又明显高于其他两种，则为两种气质混合型。

我们已经对气质类型进行了自我评估，我们应根据个人的气质选择适合的职业与环境，这样才能最大限度地发挥自己的才智和能力，成就辉煌的事业。

带好你的态度去面试，还有简历

很多女性在求职时，常常没有足够的信心，在她们的观念里，总认为自己的成就和技术不如男人，她们也认为自己在信用方面远不如男人。你在求职时是否也犯了以下这些常见的错误？

1. 不强调自身的经验、技能

有不少女性在她们的履历表中只是列出了她们曾经的工作情况，而没有对她们的优良技术以及从工作中得到的技能加以详细的说明。与此相对比，许多男人却会毫不犹豫地将自己的长处表现出来——如果他们以前做过的话，甚至只是很短的时间，他们也会将这些列出来充当他们的资本。有一种说法，一个人说的事情比他实际做的要多得多，人们往往对自己的实际能力轻描淡写。重读你的履历表，问一问你自己，是否真的在你的履历表里着重描述了你的能力，没有的话，那就加上吧。

2. 不主动打电话询问是否被录用

很多女性，都没有主动打电话询问是否被用人单位录用的习惯。当然，去打扰相关部门并不是一个好的主意。但是，每星期一次到两次友好的电话问候还是恰当的。通常，你应该一直与这样的部门保持电话联系，而且不时向对方提供你自己的近况，直到对方告诉你说，“不要再打电话给我们了，如果录用你，我们将打电话给你”为止。

3. 不谈薪水、利益和工作条件

显而易见，招聘人员有清楚的预算额度：他们能用多少钱支付你的薪水。一般来说，对于薪水的上限和下限通常有一个可谈判的空间。通常情形下，很少听说因为一个女性在谈判中试图争取更高的薪水而被拒绝继续谈判的。可能发生的情况是，你的薪水要求太高，而他们却无法满足你的要求，之后你决定不接受这个职位。但是，如果你想要更高的薪水，你又不想失去这份工作的话，可以向对方提出别的要求。如果你不能得到更多的薪水，你应该试着去商议和争取别的更好的待遇。例如，更多的假期、旅行费用、继续教育或者弹性的工作时间。记住，如果你得到了这份工作，谈判的砝码就在你的手上了。

4. 对自己没有一个清楚的认识

当招聘人员问，你可以为这个公司做点什么有益的事情时，女性求职者回答大多是："你们需要什么我就能做什么。"通常情况下，招聘人员会给你安排一份工作让你尝试做给他看，如果你做好了还好，如果做不好呢？你必须对自己能够或将能够做什么有清楚的认识，这样你才能应聘成功。

5. 不要求"试用"

当你没有得到那份工作，但你又非常希望到那家公司去工作的时候，那就向对方提出一个要求吧。如果你得到了这样的机会，你就将自己当成职业者来看待。这意味着你做这份工作虽然只得到很少或没有薪水，但你却能展示你的才能和技术。例如，你试着到一家大公司去应聘一份公司顾问的工作。当他们雇用了一个比你更富有经验的女性的时候，你要求他们给你一个计划来作，这样做的话，就可以向他们表明你是有经验和技术的。如果他们给了你一个他们没有时间去作的计划。那么你必须把这份工作（计划）完成得很出色。这样做的好处是：你获得了好的经验，而且当他们有了另一个职位的时候，他们首先想到的便是你！

6. 不去了解没被雇用的原因

有时候你和招聘人员在面谈之后，他们就不再与你联系了，因此你没有办法知道你没有被雇用的原因。因此，在面谈之后给对方打一个电话或要求得到反馈意见是非常明智的做法。无论任何时候，只要你去参加了面谈，你都应该在对方作出决定之前跟进此事。你对自己不被雇用的理由知道得越多，以后就越能改变和提高你的面谈技巧。

7. 重复自己犯过的错误

女性喜欢重复每一件事情。有多少次你去参加工作面谈时重复你出现过的错误呢？而这一次又一次的重复就像播放一盘 VCD 一样没完没了。你是否已经将面试过程的详细情况进行了一一分析，并且对于你说过的话感到懊悔？你是否担心你说过的事情被别人误会呢？如果是这样的话，你就犯了大多数女性犯的错误，与女性相比，大多数男人是不会这么想的。如果你已经犯了一个明显的错误，那就从错误中吸取教训吧。但是不要一次又一次地重复错误。承认并面对自己所犯的错误，告诉你自己，你已经尽力了。这样，在下一次面谈中你便不会再犯同样的错误。

以上是女性在求职过程中很容易忽视的误区。女性朋友，你在求职的过程中，是否也曾落入这样的“陷阱”呢？如果你想克服以上种种“劣迹”，以下几点是你在求职时必须把握好的：

1. 要克服自卑心理，增强信心

自卑是女性走向成功的大敌，没有自信，就不可能有竞争的勇气，从而失去择业竞争的主动权。随着社会经济的不断发展，女性的择业领域会更加宽广，关键是自己应树立起足够的信心，抓住机遇，投入竞争中。

2. 摆脱依赖，勇于竞争

在充满竞争压力的今天，靠关系、走捷径，对自己的择业是极为不利的，应该摆脱依赖心理，树立自主、自立意识，在竞争中生存，奠定良好的主观基础，这样才会让用人单位更信任你并录用你。

3. 努力提高自身素质

择业的竞争，归根结底是人才素质的竞争。女性择业难，自身素质不高是相当重要的原因。要想在择业竞争中显示出较强的竞争力，必须对市场要求的人才素质有更加清醒的认识，充分发挥自身优势，努力提高自身素质，这样才能在择业中立于不败之地。

4. 树立良好个人形象

在求职面试过程中，每个求职者都不能忽视仪表和举止，而女性在应聘时的外在表现更为重要，要热情、大方、端庄、优雅，体现形象美；要注重仪表，选择与自己兴趣爱好、内在气质相符合的衣服；要谈吐得当，充分发挥语言表达上的优势。

总之，一切行动都应体现出内在修养和个性，给人留下美好的印象。

把时光留在知识积累上，人也会变美

在这个日新月异的时代，女性没有知识，犹如白天没有太阳，黑夜没有月亮。在职场，创造骄人的成绩需要知识；在家庭中，拥有幸福的生活需要知识。知识是女性永远都探索不完的财富，它包含的养分是我们每个人用一生的时间都无法完全汲取的；知识是引导人生到光明与真实境界的灯火，女人只有勤奋学习知识，再去实践，才能改变一生的命运。

调查显示，学习知识已成为当今白领的第一大需要。当今白领的求知欲越来越强，因为白领对知识改变命运这一概念的认识，从来没有像今天这样深刻。

“尊重知识，尊重人才”，已成为当今社会的共识。作为女性，我们应该最大限度地发挥自己所掌握的知识，用知识改变我们的生活境况，用知识给社会创造财富，用知识改变自己的命运。

在我们身边，靠知识改变了命运的例子数不胜数。

杨澜，一位家喻户晓的著名主持人。她勤奋读书，努力实践，从而改变了自己的命运。

杨澜，1968 年生于北京，1990 年毕业于北京外国语学院。上学时，杨澜每次考试成绩都很好。在中央电视台的招考中，她从一千名候选人中脱颖而出，成为《正大综艺》节目主持人，一举夺得金话筒奖。之后，杨澜又到美国哥伦比亚大学深造，并取得硕士学位。杨澜常说：“是知识改变了我一生的命运。”

人与人之间最根本的差别不在外表上，而是头脑以及知识、性格和思想。性格和思想的成因比较复杂，但是，知识却可以通过学习不断充实。

在大街上流浪的乞丐，永远是贫困的，只能靠别人的施舍度日，因为他们没有知识，没有文化，也不懂得通过学习获取知识，改变自己的命运。

知识不仅仅充实人生，还可以提高自身的竞争力和价值。有知识的女人和没知识的女人，她们的命运是不一样的，做出的成绩也不相同，生产能力不同，创造的价值不同，得到的收益当然不同。

当今世界，科技日新月异，信息、知识、技术不断更新发展。在这种形势下，终身学习应该成为女性的第一需要，成为最时尚的事情。有人说过：“学习是一个人的真正看家本领，是人的第一特点、第一长处、第一智慧、第一本源，其他一切都是学习的结果、学习的恩泽。”人来到世界上既十分不易，又十分荣幸，那么，就一定要倍加珍惜，活得丰富、活得精彩。而孜孜不倦地学习，使人明目，使人醒脑，使人提高，使人开朗，使人健康，使人高尚，使人得到全面的发展。一句话，学习可以使人生价值得到最充分的展现。

让我们牢记“知识改变命运”这一至理名言。因为拥有知识的女人，无论走到哪里都会是一道亮丽的风景；拥有知识的女人，命运一定与其他人不一样。

你的性格决定你的职场命运

女性的职业选择会受到多种因素的影响。在选择职业的过程中，女性可以对自己的性格特征进行分析，评价自己的生理、心理特征，进而分析自己能否胜任某项工作，最后，在了解自己的特点和职业要求的基础上进行自己的职业选择。如果女性自己的性格特征与其选择的职业要求相适应，那么在职场上有更大的成功可能性。

女性的性格差异是很大的。有的女性傲气、泼辣；有的女性热情、活泼；有的女性深沉、内向；有的女性大胆、自信有余而耐心、细致不足；有的女性耐心、细致有余而大胆、自信不足等，不一而足。性格是由各种特征所组成的，性格与气质不同，其社会评价有明显的好坏之分。性格对气质有深刻的影响，在一定程度上性格能够掩盖和改造气质。性格还对能力的形态和发展起着制约作用。社会上几乎每一种工作都对性格品质有着特定的要求，要选择某一职业就必须具备这一职业所要求的性格特征。例如，作为一名文艺工作者，除了要具备这一职业所要求的气质、能力外，还应具有活泼、开朗、情感丰富的特征；作为一名教师除了具有丰富的知识外，还应具备热爱学生，对工作热情负责，正直、谦逊、以身作则等良好品质；作为医生则被要求有人道主义精神，富有同情心和责任感，同时要求具有一丝不苟的工作态度。

小棋是个北方女孩，性格外向开朗，大学毕业后工作了仅5年，就已经是一家著名的IT（信息技术）公司的营销部主管，随着工作业绩日益突出，收入也自然稳步上升。

她是一个性格外向、愿意付出、不安于现状的人，很快就在这样高强度的摸爬滚打中熟悉了营销工作，大到整体策划，小到细节操作，起初作为新生力量，只能帮帮忙，后来通过不断的学习和实践经验的积累，她就已经独当一面，能够独立完成大型营销策略了。“在很短的时间内，迅速地从一名大学毕业生，成长为团队的中坚力量。”小棋这样评价自己。

小棋凭借自己出色的表现和营销业绩，在不到两年的时间里，就升任地区营销经理。但是这个时候，公司的战略出现了一些调整，于是小棋被派往一个西部城市。刚开始的时候，小棋差点喜欢上了这个偏僻幽静的城市，但是她对自己的职业生涯保持警觉，不安于现状的她觉得这样会让自己松懈。“我喜欢更大的挑战，不安于这种平淡，我觉得自己可以有更好的选择。”

于是，她没有给自己留后路，辞职到了另外一个城市，在别人眼里这未免有点盲目，但是小棋觉得，“凭着自己的营销经验和过去的工作业绩会有适合我的机会的”。而且全力找工作可以有更多的机会接触社会。

小棋能够根据自己的性格特点选择合适的工作，不愿意墨守成规、安于现状的个性是她在事业上开拓和奋进的动力，她能够发现自我，并按照个人特点设计自己的人生蓝图，决定了她在营销领域工作的成功。从这个意义上看，也证明了“性格决定命运”的道理。

可见，性格对一个女性的成功有着多么大的影响。如果一个女性从事的职业与她的个性相适应，工作起来就会得心应手、心情舒畅，更容易取得成功。

“性格决定命运”，但是，很多女性却没有意识到，性格在很大程度上是源于后天的培养。不好的性格在工作中也许是致命的，但是，别只把它归咎于你的天性，别对自己说它是无法改变的。女性可以通过自身的努力，充分利用自己的性格优势，避免或减少自己性格中的劣势对事业的影响。

性格是一把双刃剑，女性在选择人生目标时，一定要扬长避短，选择适合自己的职业。

第二章

当你又忙又美，何惧患得患失

能让你兴奋的工作才是好工作

对女性来说，了解自己适合的行业是构建自身知识结构的出发点。下面是根据广大成功女性的经历总结出的适合女性的行业。

1. 教育业

女性天生就有一种母性，这种母性使女性有着比男性更强的心理优势。女性的母性、温柔、心细、耐心等天生特征都是女性从事教育业的优势。

从事教育业也可以开展各类文化技术培训班，如电脑培训班、英语培训班、特种技能培训班等。

2. 服务业

服务业是十分适合女性从事的一个行业。很多成功女商人都是从这一行业起步的。因为女性的直觉判断力十分强，她可以清醒地看到不同层次的人的需要。因此，服务业是发挥女性优势的一片天地。服务业的范围很广，如餐馆、酒店、旅社等。

3. 广告业

你会想到，如果你设计出杰出的作品，就能得到客户的赞赏，你会从客户手中得到很多订单，还会受到宴请和热情款待。

如果你有这方面的才能，是可以从事广告业的。

可是有两点你必须特别注意：一是你要能设计；二是你要能制作。广告界是个广阔而又奇妙的天地，也是一个对女性开放的天地。

4. 会计业

在西方，有两大就业潮流：很多男孩学电脑，成为电脑工程师；很多女孩学财会，成为财务管理人。在中国，也有很多女性成为非常吃香的会计师。女性的天性适合与数字统计打交道，会计业因此成为她们特别擅长的行业。

5. 传播业

在报纸、期刊和图书等出版行业里，女性的优势处处可见。她们拥有女记者的采访优势，细心可以使她成为优秀编辑，她们的直觉判断使她们能够策划出读者喜爱的题目……女性在这领域具有极大的发展潜力。

在影视传播中，你的新构想和新观念可以在这里充分施展，把它们变为形象和声音，传播到世界上的每个角落。你可以携带着摄影机云游四海，走遍天涯。如果你感兴趣的话，还可以当一名记者，与一些大人物、著名学者常来常往，可以从中获得丰富的知识。电视业也是值得从事的。如果你不愿意抛头露面的话，从事广播行业也不错。

6. 律师业

女性很适合从事法律工作。律师需要记忆力强、思维敏捷、善交际、善言辞，很多女性天生具备这些能力。在律师行业里，大有作为的女律师不乏其人。

7. 艺术界

在这一行业里虽然有许多大学毕业生，但也有很多没念过大学的。戏剧包容量很大，有学位的和没念过大学的人同样有成功的机会。当演员、歌手、技术员、编剧、导演等，女性都可大显身手。不过，身处这一行业的人生活大都不规律，有时甚至把白天当成夜晚。如果你对这行有兴趣的话，也不妨试试。

以上是适合女性发展的几种行业。随着时代的发展，一些能发挥女性优势的新兴行业也孕育而生，所以也可以着眼这些行业，它们会为女性提供更大的发展空间和更多的就业机会。

无论你选择何种行业，都需要掌握专业的知识。只要你选定了自己的优势行业，加上自己的努力和聪明才智，你一定会成功。

像男人一样思考，像女人一样行动

在男性始终处于强势的职场上，女人想要打下一片江山，必须表现得比男性更优秀，才能出人头地。然而，如果你懂得巧用“女色”，必定能使你在职场上拥有比男性更独特的优势，从而帮助你在职场上走得更远、爬得更高。不要误会，这里的女色可不是教你脑袋空空做“花瓶”，以美色迷惑男人，更不是要你露着大腿，什么成绩都没有，光凭色相获得高薪，我们所说的“女色”是指女性与生俱来的魅力。

女人一向被教导要做个“有魅力的女人”。魅力是一种优雅的风格，能让女人在追求事业的时候获益良多。只要有魅力，即使不是美女，依然有着动人的“女色”。

那么，在职场中，女性怎样巧用自己的“女色”获得同事的喜欢、上司的器重，从而最大限度地为自己的事业发展增加筹码呢？

1. 和男同事建立友谊

让男同事注意你，甚至喜欢你，绝对好处多多。当他们喜欢上你时，你在工作上遇到的各种困难，自然就有人帮忙解决。不过，不是要你没事就和同事打情骂俏，而是要你保持幽默感，脸上时时带着笑容，让男同事了解你、欣赏你的魅力。

要获得男同事的友谊，方法之一是挑对方有兴趣，而你又有所了解的话题。例如，欧洲杯足球赛的赛况如何、汽车展销会的新型汽车有哪些、哪家酒吧的情调最好等。方法之二是和他们保持礼貌性地肢体接触。这里指的可不是性接触。例如，开会时你可以坐在想建立友谊的对象隔壁，在适当的时机，偶尔拍拍他的肩膀，表示支持和鼓励。研究显示，身体的接触是拉近人与人之间距离的最好方法。让他成为你的朋友，就算他不能成为你的“助力”，起码不会成为你向上爬的“阻力”。

2. 得体的装扮

你的工作表现很好，但是上司只注意你的男同事，一点儿都不注意你，而上司的上司则对你毫无印象。如果你想大显身手，必须争取上司的支持，以及上司的上司对你的注意，现在是“眼球”经济时代，只有吸引了“眼球”，对你的事业发展才会有利。

如果你的上司、上司的上司都是男性，要吸引他们的注意力，除了具备扎实的专业知识和出色的工作能力之外，合适而性感的穿着，绝对是引人注目的法宝。一件能充分显示线条美的裙子，加上摇曳生姿的高跟鞋、浓淡相宜的妆容，既有女人味，又不失端庄。

不过，切记：你的目的是要你的上司、你的男同事、你的客户欣赏你的穿着品位，喜欢你，并认真看待你的工作能力，而不是要他们把你当作性感尤物。

一旦你的外表、你的穿着打扮给人深刻而美好的印象，许多契机就会悄悄降临到你身上。

3. 温柔幽默的话语，化解僵局

女人娇媚和温柔的特质，在面对冲突时是最好的润滑剂。当你和男同事意见不一致时，不要急得脸红脖子粗，应该保持风度，保持笑容，气定神闲，甚至可以摆出一副低姿态化解僵局。

记住，大部分男人是吃软不吃硬的，当你摆出愿意妥协的姿态时，他往往会先软化，妥协得比你更彻底。

此外，女人应培养幽默感，因为在适当时机加入适度的幽默，不但可化解僵局，也可以消除双方的紧张和压力。尤其在职场上，如果女人也能在不失矜持的情况下运用，就会在紧张的谈判中制胜。

4. 适时赞美，突破对方心理防线

男人喜欢被女人赞美和崇拜，你也别吝惜你的甜言蜜语。当你觉得某位男同事表现突出时，大方地说出你对他的肯定，“你真行”“令人难以置信”之类的赞美语句能给对方极大的激励和勇气，也容易突破对方的心理防线，赢得对方的友谊。

千万别吝啬赞美，男人在接受女人的恭维之后，将变得更具自信心，更乐意奉献，更勇于付出。你对他们评价越高，他们表现得越好，如开车送你一程、帮你拿资料等，使你在工作上增加一份动力。

虚心向男同事讨教，也是提高男性尊严的好方法。期待每天可以向可能见面的人取经，即使是司机或下属，对周围的人保持高度兴趣，制造对双方互动有益的话题，男同事绝对乐于为你解决任何问题。男人好强，喜欢扮演照顾他人的角色，当你征询他们的意见时，他们会觉得自己受到关注、被他人需要、被他人敬重，于是也就非常乐于提供各种意见，而他们的建议往往很管用。

这种感觉，是男性彼此之间最难相互产生的。女人柔弱的特质，在男人眼中绝对是优点，而且也是督促他们努力表现的最佳动力。

5. 嘘寒问暖，赢得信任

情感是联系同事关系的重要纽带。作为职业女性，要想获得不错的影响力，就必须做到摆正位置，以诚待人、以情动人、以诚感人，加强与同事之间的交流和沟通；对待持不同意见者，不能采取高压政策，而要善于听取他人意见，广纳群言。在公司里善解人意、豁达开朗，令男性充分感受到与你共事的幸运和兴奋，各种回报将随之而来，如邀请你做女嘉宾，参加盛大的年会；在你遇到困难时鼎力支持；他们碰上棘手问题时也乐意听取你的意见。原因很简单，你一向有亲和力，是一个值得信任的好同事。

6. 控制你的眼泪

许多职业女性不懂得控制自己的眼泪和情绪。女人过于直接地表达情感，会使男人感到不舒服，并会瞧不起她们，认为女人无法自我管理，控制不好自己的情绪，因而她们所作的决定是不值得信任的。

如果你想大声哭，你有权利这么做，然而，要注意的是，应在何时、何地、何人面前放声大哭。若能在适当的时候、适当的男性面前运用“泪弹”，含泪欲滴，低声哭诉，或许更能博取同情和认可！

作为职业女性，如果你要成就一番事业，当你的身心不堪重负，悲伤、焦虑、恐惧等一起袭来时，请务必学会自我调节，把自己从嘈杂的思维中解放出来，帮助自己消除忧虑。要学会控制情绪和眼泪，勇敢面对失败和压力，只有这样，才能赢得男人的尊敬和同事的认可，使职场中的一切尽在掌握，为自己赢得一片蔚蓝的广阔天空。

高效能职场女的生存之道

有人做过这样一个实验，打出整整30个电话给受过高等教育，身在职场的各年龄段女性，向她们提出同样一个问题：“你觉得才华对你的职业生涯很重要吗？”答案当然是肯定的。可是对另一个问题：“这是否代表你会因此拥有一个成功的职业生涯？”答案则是百分之百的否定。为什么有才华，却并不能保证能够拥有一个成功的职业生涯？这就涉及职场生存之道。职场生存之道，说起来并不复杂。只要你按照以下方法去做，那么就能在办公室游刃有余，做一个快乐的职场女人。

1. 尊重别人的私人空间

在办公室里，私人空间是很宝贵的，必须受到尊重。“打搅了”“不好意思”是有求于人或打断别人工作时必不可少的话语。另外，谨记先敲门再进入别人的办公室，不要私自翻阅别人办公桌上的信件或文件，未经许可不要翻阅别人的名片盒。

2. 注意办公室礼仪

电话：若你要找的同事恰巧不在，不要让他的助理替你记下一大段口信，应请其转拨至电话录音，留下你的姓名、内线，简单地说一下内容然后挂线。

复印机：当你有一大沓文件需要复印，而等在你后面的同事只想复印一份时，应让他先用。如果复印机纸用完了，谨记添加；若纸张卡塞，应先处理好再离开，如不懂修理，就请别人帮忙。

3. 保持清洁

办公桌：不要把食物放在办公桌上，更不要把食物残渣留在桌上，否则你的桌子有可能会变成苍蝇密布的垃圾堆。

公共厨房：别将脏了的咖啡杯放在洗碗池内，亦不要将糊状或难以辨认的垃圾倒入垃圾箱。此外，避免用微波炉加热气味浓烈的食物。若菜汁四溅，谨记抹干净后再离开。若你喝的是最后一杯水，请添补。

洗手间：如厕后谨记冲厕并确保所有“东西”已被冲走。若厕纸用完，请帮忙更换新的。废物应准确地抛入垃圾桶。

4. 不炫耀

若你刚从充满阳光的海滩度假归来，当然不能一下子掩盖你古铜色的肌肤，但也别在一直埋头苦干、几乎连气都喘不过来的同事面前手舞足蹈地讲述你愉快的假期；也不要在尚是独身的同事面前夸耀你那俊朗不凡、体贴入微的丈夫或男友；或在肥胖的同事面前自夸“吃什么也不会胖”，这样只会令别人疏远你。

5. 多称赞别人

称赞别人的好处多多：接待员会提醒你今天老板的心情极差；同事会在工作限期前不断催促你……只要你多称赞别人，便可能得到不可估量的回报。

6. 不要浪费别人的时间

浪费别人的时间是最常见的过错，很多人把工作带回家，因为只有这样才可以在没有任何妨碍的情况下完成工作。因此，别写长篇大论的电子邮件，可用标题显示“紧急”，内容也务必简洁。假如你和别人谈话时，一个更重要的电话打来，应请第一谈话方先挂线，迟些再回复他。

准时：对准时的人来说，要等待迟到的人开会绝对不是好事。假如你是会议负责人，请在会议前一天把有关的备忘、议程等分发给各人。

会议的举行时间最好是下班前30分钟，因为此时人人赶着下班，会议能更有效地进行。也请准时开始会议，不要等待迟到的人。

别烦扰上司：不要事无大小都请示上司。若真需要上司的帮忙，应先准备好答案再寻求他的指引。

7. 守口如瓶

即使同事在某项工作中的表现不尽理想，也不要在他背后向其他人说起，说是道非最容易引起同事的不信任。道理非常简单：当某同事在你面前说别人是非时，难道你不会怀疑他在其他人面前也会如此形容你吗？上司通常极为厌恶是非，若你向上司打小报告只会令他觉得你不够专心工作。假如上司将公司的机密告诉你，谨记别泄露一字半句。

8. 切忌插话

别人发表意见时中途插话是一件极不礼貌的事情，更影响别人对你的印象和你的信誉。在会议中（或任何时候），请留心别人的话。若你想发表意见，先把它记下，待适当时机再提出。

9. 有借有还

假如同事顺道替你买外卖，请先付所需费用，或在他回来后及时把钱交还对方。若你刚好钱不够，也要在第二天还清，因为没有人喜欢厚着脸皮向人追讨金钱。同样地，虽然公司内的用具并非私人物品，但亦须有借有还，否则可能妨碍别人的工作，从而影响别人对你印象及你的信誉。

10. 严守条规

无论你的公司的制度如何宽松，都别从中取利。可能没有人会因为你早下班 15 分钟而责备你，但是，大模大样地离开只会令人觉得你对这份工作不投入、不专注，那些需超时工作的同事反倒觉得自己多余。此外，别把公司给你应酬用的金钱作私用，如打长途电话。

作为职业女性，要懂得基本的职场生存之道，如果不学会它，那么职业生涯会以失败告终。学会职场生存之道，在平时的工作中多注意以上 10 条提及的小细节，你就会如鱼得水，在职场中成为一个受欢迎的女性。当然，沉溺于“生存之道”而忽略了业务，那就成了无根之草。这里说的“生存之道”，是建立在业务基础之上的。

学会适当表现，你的能力需要被看见

在职场上打拼了几年的你是不是也有这样的感受：很卖力地工作却总也得不到上司的赏识。如果答案是“Yes”，请不要灰心，学会适时地“秀”出自己，赢得上司的关注和赏识，会收到事半功倍的效果。需注意的是，在“秀”自己的过程中一定要非常自然，如果让上司发觉是你有意为之，可能反而会对你有所戒备。

1. 抓住时机“崭露头角”

女性在工作中如果表现得太突出，争着出风头，很容易成为同事排斥、怨恨的对象，这么一来，要想有一番作为，可就非常困难了。与其如此，不如抓住时机，在适当的时候说适当的话，适时“崭露头角”。

李颖有一个合作了很多年、交情非常好的客户，在这个客户身上，她花了很多心血，总是尽心尽力地满足客户的各种要求。在一次公司和客户联欢的年会上，她很“自然”地将这位客户领到了部门经理面前，一起聊天。在聊天中，客户对她倍加称赞，告诉经理这些年来，她是如何尽责地满足他们的各种要求，是如何周到地替他们服务，部门经理听后非常高兴。年会结束后，部门经理就在大家面前表扬了李颖，希望别人能多向她学习。

从这个案例中，可以看出李颖的上司认可的是客户对员工提供服务方面的满意度，她选择的场合是联欢会，让赞扬“自然”地从客户口中直接传递给上司，效果当然就不错了。

2. 巧用赞美

作为女下属，要有将自己当成一件商品的想法，随时随地地致力于推销自己。只要合乎时间、场合、地点，不管对方是谁，你都对他真诚地赞美，你将会有意外的收获。

人生就像一台戏，矫揉造作的演员永远成不了主角。想成为戏中要角，最基本的是，一举手、一投足，都要真诚，而没有丝毫勉强的意思。同样的道理，恭维的行为若给人矫揉造作的感觉，只会适得其反。

那么，当你已经“秀”够自己，上司对你的初步印象不错以后，就该进一步加深他对你的信任和依赖。

1. 帮助上司实现目标

你的使命是帮助你的上司完成他的目标。然而，这些目标究竟是什么？有的时候，答案简洁明了，可有时，你不得不做更深层的挖掘。

小丽是一家纺织公司的销售代表，对自己的销售纪录很满意。曾有几次，她向她的老板说，她如何卖力劝说一位服装制造商向公司订货。可是，老板只是点点头，淡淡地表示赞同。

最后，小丽鼓起勇气说：“我们的业务是销售纺织品，不是吗？”她问道：“难道您不喜欢我的客户？”老板直视着她，答道：“小丽，你把精力放在一个小小的制造商身上，可他耗费了我们太大的精力。请把注意力放在一次可订3000码货物的大客户身上！”

小丽听到后，就把主要精力放在大客户上，以帮助老板实现目标——找到主要客户。

2. 帮助上司解决难题

取得成功的一个重要方法是帮助上司解决难题。你为上司解决了难题，上司自然会对你印象好，对你产生好感，你离成功也就因此更近了一步。

罗婷是某学院的教务助理，她的上司李云负责学生和教职工的管理工作。极其糟糕的签到系统使学生们常常还未上课就被记名，许多班级拥挤不堪，而另一些班级却又太小，面临被取消的可能。李云承受着改进系统的压力，罗婷便自告奋勇组织攻关，负责开发一个新的系统。上司高兴地同意了她的意见，于是这个攻关小组成功开发出一个大有改进的系统。之后的一次组织机构改组中，李云升任了主任，随即罗婷被提升为副主任。对其开发并成功地完成的这个系统，李云给予了高度赞扬。

由此可见，一味地埋头苦干已不能快速证明或显示你的价值。成功是有“窍门”可言的，通过恰当的方式“秀”出自己，“征服”上司，得到上司的信任和赏识，成功也就指日可待了。

实现职场进阶必须做到这6条

面对晋升一筹莫展的女性不妨试一试下面几个小诀窍。

1. 做个“YES”女孩

任何有助于领导的事，尽管有时感觉很难做，也要坚决执行，恼人的人际琐事也不能例外。你不用管它是不是庸人才做的，只管去做！你想开创美好的未来，拥有更多的财富，办法只有一个——提高自己，如帮助办公室里其他同事，即使曾对你颐指气使的同事也不能怠慢。

2. 适时“曝光”

你觉得只要拼命努力工作，就会出人头地吗？那你就错了！很多年来，这一思想埋没了许多优秀女性，使她们的才能无法得到最大程度的发挥。

若想在公司里出人头地，就需要引起领导的注意，用技巧使自己变成引人注目的焦点。你应该懂得怎样去“曝光”。在当今时代，工作表现好的女性非常多。工作做得好能够获得加薪，并不表示能获得升职的机会。升职的前提是有多少人知道你，知道你的人在公司中的地位有多大。

许多女性觉得只要自己肯努力，领导就会提升自己。这些女性觉得真才实学才是一切，因此对提高知名度并不在意。然而，若想真正有所作为，应该学一学怎样吸引众人的目光。

若你现在认可了引人注目的重要性，你可能会想：“像我这种人不知道能够吸引领导的注意吗？”答案是肯定的。你必须抓住问题的实质，在公司中领导决定一切。因此，要让领导注意你，不要引起领导的反感。

3. 善于学习

当吴士宏以大专的学历进入 IBM 的时候，她的同事不但有很多本科、研究生，甚至还有博士。不过最终在竞争中脱颖而出的却是这个学历最低的女人。为什么？因为她善于学习。

今天的吴士宏是什么样的学历？恐怕是很难得知的。不过让她去给著名高校的 MBA 讲讲课完全没有问题。

女人要想成功，树立终生的学习观念是必要的。既要学习专业知识，也要不断拓宽自己的知识面，往往一些看似无关紧要的知识会对你的工作起到巨大作用。很多报纸、杂志看起来只是一些庞杂的无用知识，实际上它们却起到了开阔视野的作用。记住一句话：开卷有益。

4. 说话谨慎

俗话说，祸从口出。职场看似简单，实际其中的关系十分复杂。

女人喜欢闲聊，说得多了会东家长西家短地八卦起来，也难免透露一些工作中的机密。所以，一定要注意说话，宁愿少说也不要说错话。

5. 勇于承担责任

任何人都会犯错误。女人在职场要想不犯错误简直是不可能的。遇到难以完成的事情，努力做就是，在公司中，很少有上司因为下属没有完成一件困难的事情而解雇下属的。做有困难的事情实际上是一个机会，同时也显示了你勇于为公司、单位承担责任的精神，也是你表现的机会，是你的机遇。

6. 让领导脸上有光

你的工作就是要让领导脸上有光，别做每件事都企求回报，领导自然会有所考虑。如果你的领导工作得相当出色，人气很旺，正在往上升，其很可能会提携你。虽然你没有因为以前的成绩得到嘉奖，但什么也没错过。人们自然会关注出色的干将，好口碑总会一传十十传百，人尽皆知。

人的生命是这么短促，又怎能经受得起长期的等待呢？职业女性要想获得晋升，在可能的情况下，应通过你的努力，创造有利于你升职的机会，只要把握好分寸，你离成功的距离也就越来越近了。

职场没有男女之分，用自律赢得尊重

对于很多初入职场的女性来说，刚刚开始工作，校园生活方式还没有被紧张的职场打拼所代替，她们面临着巨大的压力。冷漠的同事、咆哮的上司、乏味的工作……很多转变都让她们感到难以接受。

在一个职场老手对新人的看法问卷调查中，关系问题被列在第一位，认为新人遇到困难很少会退缩的只有12%；认为职场新人个性太强的有近16%；认为大部分人还是谦虚谨慎的占24%；认为新人初出茅庐，什么也不懂的占24%；认为新人不善于处理人际关系的比例最高有近25%。

然而，多年的媳妇才能熬成婆，一代新人换旧人，职场老手们也都是一步一个脚印走过来的，开始的茫然困惑是变化突破的前站，作为职场新人，要把心态放平，摆脱学生角色，体察职场规则，以微笑面对接踵而至的所谓挫折和不适应症，走过职场中的“一年之痒”。

那么，职场新人如何在涉世之初少走弯路，有一个好的开端呢？一定要牢记以下10条自律原则。

1. 遵守规章制度

任何企业都有它的一套切实可行的管理制度。这不同于学校，从某种程度上它带有强制性，不管你喜欢还是不喜欢。作为职场新人，遵守制度是起码的职业道德。入职后，首先应该学习员工守则，熟悉企业文化。以便在制度规定的范围内尽自己的职责，发挥所能。

2. 学会与人共事

作为职场新人，即使你的专业功底再强，但经验不足，要使自己能在岗位上脱颖而出，离不开同事的帮衬和扶持。对前辈采取恭谦的态度乃为上策。

3. 多为企业着想

一个忠于职守的员工做事应多为企业考虑，大到出差花费，小到复印资料，在保证做好本职工作的前提下，应该本着高效节约的原则，能省则省，一个处处为企业考虑的人，任何老板都会喜欢。

4. 上班不做“私事”

很多女孩无拘无束惯了，以为既然定了岗，就可以高枕无忧，尤其是在完成了手上的工作后，利用上班的时间做些“私事”。如看一些与业务无关的书刊，与老友煲电话粥，或在网上聊天。这些都是妨碍你进步的大忌。

5. 遵守规则

在一个允许提建议（意见）的环境里工作是一件幸运的事情。有这个权利，但是不要滥用。评价事情或某人时考虑处于什么样的语境下，以沟通的方式、以解决问题为目标提出建议，不要言辞过激，伤及无辜。一个好的建议（意见）是在提出问题的同时，考虑到如何去解决问题。

6. 制定长远目标

好高骛远，不切实际的想法是不可取的。工作不久，这山望着那山高，向老板提些不合理的要求，或者干脆以辞职走人相要挟，这肯定会招致老板的反感。应该制定好自己的发展规划，一步一步地去实现自己的人生目标。

7. 稳定工作心态

既来之，则安之。光讲索取，不讲奉献，朝三暮四，做事总是一副心不在焉的样子，这样的员工谁会喜欢？稳定好自己的情绪和心态，踏实地做好工作，这才是立业之本。

8. 不要加入小团体

有人的地方就会有团体，关键是这个团体的性质。如果是一帮意气相投的人，相互之间经常在一起交流，对提高自己的专业水平也有帮助，未尝不可，因为我们现在和工作伙伴在一起的时间甚至超过了和亲人在一起的时间，但是，如果这个团体是为了权利的交易，或者是为了私利的争斗，往往会得不偿失，千万不可参与其中了。

9. 埋头苦干行不通

从小我们就被父母教导，要埋头苦干不要夸夸其谈。这个时代，当然欢迎真才实学，但是还需要“自我推销”。别人不一定都了解你，不管是面对你的领导还是你的同事，大大方方地站出来展示自己，没有人会笑话你不谦虚。

10. 不要一开始就想身居要职

一进单位就想身居要职，这种想法不切实际，职场新人要先从基层做起。很多新人不愿意从公司的基层做，结果错失了很多机会，一个成功者往往对自己所做之事的最基本的信息非常熟悉。

职场新人要想顺利走过职场的“试用期”，尽早融入新的环境，就好好地遵循、把握这些忠告和建议吧！

知世故而不世故的你，很酷

身为职场女性，即使你不加班，一天也有8个小时和同事在一起，问题随之便产生了：与家人的感情是亲情，与朋友的感情是友情，与恋人的感情是爱情，但与同事之间的关系却十分复杂。经常听到有人抱怨和同事关系处理得不好，不是过于亲密就是过于生疏。其实只要掌握和同事相处的技巧，一切问题就迎刃而解了。

那么，究竟该怎样处理好与同事之间的关系呢？以下便教你几招：

1. 平等

不管你是职高一等的老手还是新近入行的新手，都应绝对摒弃不平等的观念，心存自大或心存自卑都是同事间相处的大忌。

2. 建立和谐关系

和谐的同事关系对你的工作大有裨益，不妨将同事看作工作上的伴侣、生活中的朋友，千万别在办公室中板着一张脸，让人觉得你自命清高，不屑于和大家共处。

3. 公平竞争

面对共同的工作，尤其是遇到晋升、加薪等问题时，同事间的关系就会变得尤为脆弱。此时，你应该抛开杂念，全身心投入工作中，不要手段，但绝不放弃与同事公平竞争的机会。

4. 真诚为他人着想

当你苦于难以和上司及同事相处时，殊不知你的上司或同事可能也正在为此焦虑不堪。要学会真诚待人，遇到问题时一定要先站在对方的立场为对方想一想，这样可以将争执消灭在萌芽中。

5. 保留个人隐私

真诚并不等于完全无所保留、和盘托出。尤其是对于你并不十分了解的同事，最好还是有所保留，切勿把自己所有的私密都告诉对方。

6. 防人之心不可无

同事间相处的最高境界是永远把别人当作好人，但要永远记得不可能每个人都是好人。

7. 学会赞美

你的同事清早从床上爬起来，没来得及洗脸化妆，孩子就吵着要上学。刚送进教室，孩子的课本又忘了拿。从学校里出来，赶不上班车，迟到了。最惨的是，轮到老总亲自考勤，她的心情十分糟糕。这个时候，你来到她的身边，告诉她你从来没有见过这么好看的裙子，她买东西真有眼光。你知道她会如何吗？她会觉得这个世界上只有你才是知音。

从经济学上说，一句赞美的成本是相当低廉的，但是从心理学上说，赞美可以创造出无限的价值。

8. 自我表现别过分

你的同事喜欢埋头苦干，不习惯与人应酬，陪客户喝酒谈生意的事全交给了你处理。你的酒量又刚好不错，还可以讲几个客户喜欢的段子，客户对你颇有好感。一次，喝酒过度，你向客户吹嘘这份计划书你也能做得出来，客户当场表示要以高薪聘请你。消息传到公司，你的同事马上与你反目成仇，老板也准备就此事和你“好好”谈谈。

适当的时间，适当的地点，勇于自我表现可以提升同事对你的好感。反之，则会给自己增添一些不必要的麻烦。

以上是处理好与同事关系的几个妙招，不妨试试。如果你发现你和同事之间的关系不是那么顺畅，就该想办法好好改善一下了。特别是当你在工作中非常需要另一个人的帮助，而这个人曾与你有某种不和的时候，你就会难以开口。显然，放弃并不是一个好办法，虽然这不费吹灰之力便可做到，但却会使你失去一个得力的伙伴。你应该做的是化敌为友，化干戈为玉帛，使之成为你的朋友。试试以下的几种做法吧，可以帮你达到这一目的。

1. 勇于承认自己的错误

不要害怕承认自己的错误，以为这样别人就会看不起自己。其实，真正有能力的人会勇于承认自己的不足。

2. 了解别人的兴趣

要想让对方对你有好感，并愿意成为你的朋友，最好的办法就是了解他的兴趣。

3. 对不友好的问题不要理会

有时，我们会听到别人不友好的问题，如“你以为你是谁？”“你们那所高级学校难道没教你点什么东西吗？”“你从来就没听过什么叫应急计划吗？”这些问题根本就不是询问什么信息，只是为了使你失去平稳的心态。不要带着感情色彩去回答他们——根本就不需要回答。索性假装它们压根儿就没从你同事的嘴里蹦出来，你只管回到你的主题：你感受到了什么（而非它“是什么”）？你计划做什么？你希望怎样做？这样，你不给同事向你破口大骂的机会，就有可能降低他（她）对这一类威胁性问题的依赖。

4. 让对方知道你非常需要他（她）

这一点是很重要的，它能在很大程度上调动对方的积极性。利用这种方法，尊重对方，对方一高兴，就可以避免谈话不畅，尽可能减少或消除敌对情绪。你可以提到自己工作中的两三个方面，需要你的同事提供意见或指导，这样反而会让他来帮助你。

总的说来，职业女性必须明白，自己再怎么优秀，也离不开团队和他人的配合，所以，要注意和同事和谐相处。更重要的是，在相处过程中要掌握一些方法和技巧，使自己成为一个让同事喜欢的“红人”。

不断变化，是最高级的稳定

现今的职业生活瞬息万变，尤其是科学技术日新月异，不断给职业生活注入新的内容和活力，要求女性必须不断学习新知识，更新职业技能。作为职场中的一名精英，在职“充电”的女性已成为“充电一族”中势力庞大的一个群体。这与城市化注重专业知识的就业环境压力有关。同样的环境和时间以及同样条件下，两个文化程度相同的女性，经过若干年之后，一个女性通过业余学习，可能成为某方面的专家，另外一个不愿学习，就可能成为平庸的人。

对白领女性来说，消费和投资有很大一部分是用来充实和完善自己的，以提高自己为事业打拼的实力。只有不断对自己进行“充电”，随时更新自己的文化知识，不断地掌握新技术来改进和发展自己的职业生活，才有机会在21世纪的“知识竞争”“人才竞争”中占据一席之地。

专家认为，从“充电”情况来看，虽然女性成为高层领导者的人数比较少，但是她们的需求很多，她们学习的迫切性也超过男性；从“充电”的比例来看，高层职业女性高于低层职业女性。专家认为压力是主要原因之一。在工作中，如果男女的条件相当，那么女性升职则要比男性难，中国五千年的传统文化，特别是两千年的封建文化，是束缚中国女性发展的根源，也是女性不能更好表现自己的枷锁。

虽然说现在男女平等，但在很多方面女性还是受到很多的限制，如升职的机会、工作的限制等。这些现象使女性深刻意识到，只有不断充电，使自己变得更强更有实力，才能拥有自己的位置。与此同时，由于种种原因，女性受教育（尤其是受到高等教育）的机会相对男性还是要少得多，加上社会角色（比如说女儿、妻子、母亲等）对女性的规范和要求，女性在工作中的角色扮演就会受到很大程度的限制。所以，女人只有通过“充电”来增加竞争的资本，以此证明女人并不比男人差。

那么，女性应主要在哪些方面给自己“充电”呢？自我“充电”的内容应包括以下几个方面：

1. 加强职业道德修养

也许你并没有认识到这一点，职业道德修养是从事职业活动的基础，也是自我完善的必由之路。它是从业人员根据职业道德规范的要求，在职业意识、职业情感、职业理想和行为等方面的自我教育、自我培养、自我锻炼和自我改造，它可以提高自己的道德素质，不断纠正错误的职业思想。可以说，职业道德修养的过程，是使自己在职业道路的阶梯上不断攀登的过程。

2. 不断学习科学文化知识

在当代科学技术成为生产力重要因素的情况下，缺少文化技术知识，不可能成为一个合格的职业女性。即使大学毕业了，有了职称和工作业绩，也只能表明过去。每个女性在职业活动中的能力，基本上取决于对高新文化技术知识的掌握和运用程度。

3. 注重提高职业操作技能

任何职业活动都是由一定的职业操作技能联结成的，提高职业操作技能就等于提高了职业活动能力。你可以通过学习、实验、参加比赛等形式，不断提高本职业的基本操作技能，并达到较高的熟练程度，以顺利地完成本职工作任务。

4. 掌握职业生活技巧

任何一种成功的职业活动中，都包含着职业科学成分，如怎样进行职业保健、怎样能成才、怎样能摆脱职业生活中的种种困扰等，都存在方法和技巧问题。懂得技巧就可能使职业生活变得丰富而有活力，否则，就难免走弯路，甚至导致职业生活失败，所以，女性不能忽视对职业生活技巧的学习和运用。良好的技巧能够弥补很多缺憾和不足，有助于在理想的职业领域大显身手。

职场中的你没有理由放弃学习，不积极更新职业技能就无法胜任你的工作，在竞争日益激烈的职场中也就无法站住脚。

既然工作后继续学习、更新职业技能已经成为女性自我证明的资本和提高竞争力的有效途径之一，社会上也提供了多种培训方式，那么你知道哪一种才是真正适合自己的吗?

如果你需要的是一块进入好企业的“敲门砖”，你可以选择能获取文凭的办学单位，在那里接受系统学习。作出这样的选择之前，你首先要了解办学者基本情况，教学条件如何，自己能学到什么真本事，其文凭或证书在相应的领域中占有什么样的位置。

如果你已经拥有一份满意的工作，但危机意识使你产生继续“充电”的愿望，你可以选择短期培训。你的取向如果是学到国际化的先进理念和技术，以适应变化和革新，你就应当格外注意培训的师资和教学内容，与国际接轨的程度，以及教学人员具有的实际经验。

如果你想获得更高的学历，则可以选择在职研究生班，但绝大多数在职研究生班申请硕士学位首先需要学士学位。大学本科学历的人攻读之后就可以获取结业证书，外语通过国家统一考试并完成毕业论文答辩，可以获得硕士学位。根据有关规定，这种证书可在评定职称时使用。

要想保住饭碗，光靠原有的知识坐吃山空根本不行，人人都不能坐吃山空，人人 都必须不断“充电”。女性在职场这片天地里，要有居安思危的意识，不断自我充电，尽可能地挥洒自己的智慧和才情，才能脚踏实地，阔步向前！

与男上司友好相处，分寸感是个好东西

不要以为办公室有个男上司是女职员的幸运。你必须实干、能干、肯干。没有这个前提，一切都无从谈起。

通常情况下，你的上司掌握着加薪、晋级等对你的成功及发展有重大影响事件的决定权。因此，学习与男上司相处的技巧，是职业女性的必修课之一。

1. 不和男上司“对着干”

有些女下属自视清高，看不起领导，觉得领导“还不如我能干”，与领导形成对立关系，这种态度是不正确的。对于男上司

来说，有一个女下属跟自己对着干，他会觉得有失尊严和面子。看看以下这位女士的自述吧：

曾经以为男人应该是大度、心胸宽广的，男上司尤其应该如此，但遗憾的是，我发现我的领导就是个小肚鸡肠的男人。

他不是我的直接领导，他和我之间隔着我们的部门经理，但他总是有意无意找我茬儿。开始我不知道他为什么不喜欢我，再怎么说我也算是公司的元老加业务骨干吧。我还以为因为我不是青春靓丽又嘴甜会说的小女孩，而他正处在喜欢小女孩的年纪。

后来我发现不全是因为我从来不或明或暗地恭维他，而是因为他这人天生小心眼，爱嫉妒，虽然工作能力不差，但就是为人比较小气，容不得别人比他多得到好处。

比如，我被公司送出国培训，而这机会没轮到他头上。我还发现，他不光对我这样，就是对我的部门领导，即他的直接下属，也是横挑鼻子竖挑眼的，中层会议上挤对人家，不让别人把话说完等。总之，很多同事都觉得这位男上司人格有问题。

我的不聪明之处在于，别人即便也不那么喜欢他，但是表面上还过得去，见了面总是热情地跟他招呼。可我见了他的面一般不打招呼，头一低或是一扭就过去了。原来也试着缓和过，见面点个头，可我发现人家压根儿就不爱搭理我，我也就不再理会他了。

不过，很多好心的同事都劝我，说我这种做法不明智，毕竟人家是领导，他可以管我而我管不了他，何必一定要“死掐”，于自己不利。

的确，假如你和你的男上司“不对付”，不要跟他“对着干”，否则，到头来吃亏的是自己，何必呢？

2. 穿着得体

白领女性是时尚服装的最先品味者，是潮流的体验和领导者；但在办公室里，最好还是不要过于暴露。

张晴是个活泼开朗的女孩子，学业也很出色。毕业时她战胜了众多的竞争对手，被一家出版社录用。半年前，喜爱尝试新事物的她又跳槽到了一家中等规模的网络公司，当然，令人羡慕的高薪也是她来这里的原因之一。没想到，一切全不像想象中的那么美好。因为不久她就发现，自己有个脾气暴躁、行为古板的男上司。

平时爱翻翻时尚杂志的张晴，穿着自然不乏新潮和前卫感：薄纱的连衣裙、小碎纹的百褶裙、改良后的中式旗袍，还有雪纺印花装、军裤和袋袋装、毛皮无后跟鞋……她的风格一向是浪漫多变的。在这方面，以前出版社的女上司是她的知音，而现在这位严肃的男上司从一开始就表现出反感，多次提醒她要注意自己的形象。张晴压根儿没放在心上，她想这又不是银行、机关、法院，穿那么中规中矩干什么？既然互不欣赏，她在许多方面也表现出对上司的冷淡和疏远：凡可以电话请示的，就不和他正面接触；上司向她交代工作，讲完了她扭头就走，没有表情，也没有多余的话。

从这以后上司对张晴的态度似乎特别差，她稍有过失便惹得他大发雷霆。明明是他告诉的传真号码不对，反倒怪张晴发错了地方。周末到了，张晴早已跟朋友约好要去好好玩一玩，可下班时间刚到，上司就急匆匆地走过来，毫无商量余地地说："有项急活，你必须加个班。"张晴刚把忙了几天才写好的报告交给他，兴冲冲地把办公桌上的文件整理妥当，正准备去吃饭，却看见上司气冲冲地从办公室走出来，把刚才的报告扔回桌上，当众指出其中错误的地方，要她马上修改妥当。对上司的责骂，她感到又惊又怒，甚至很想跟他大吵一架，以泄怨愤……

工作以外的时间，我们尽可以把自己打扮得休闲、华丽或者性感，但在办公室就不同了，要注意自己的穿着，使自己一进办公室就马上定下心来，冷静地展开工作，而省去不必要的麻烦。

3. 学会拒绝

当上司频频邀你外出的时候，即使他真的没有非分之想，你也要小心注意了，因为这往往是以后不寻常关系的前奏。无论什么时候都要有自己的原则，工作中应该学会服从上司的安排，但其他方面更要学会以诚相待，不卑不亢。

拒绝上司并非一定是坏事，许多时候能让上司发现你的成熟矜持和尊严，让他对你产生敬重的心理，也有助于提高你在他心中的地位。

4. 保持适当的距离

上司就是上司，即使你们关系很好，也不意味着你不需要对他敬畏和服从。保持适当的距离是必要的——尤其是女下属和男上司。

刘佳在一家规模不大的广告公司工作，上司叫李海清——其实他手下只有她一人。刘佳的学历不高，只是装潢设计专科毕业，但她很有灵气，凭着直觉和灵感，设计出了不少优秀的作品。那时公司人手不够，她和李海清既要负责企划设计，还要承担一部分市场联络工作。他们每星期整整工作6天，还经常加班，以至于在公交车上站着都能睡着。同甘共苦使刘佳和李海清的交情非同一般，她从来不称他“李经理”而是叫他“海清”，碰到委屈和烦恼，甚至家里的琐事，她都乐意向李海清诉说。

在她眼里，李海清像她的兄长，又像一位极谈得来的朋友，她对这位上司从来就没有真正敬畏过。李海清有时提醒她平时要多注意“充电”，特别是要锻炼一下文字撰写能力，刘佳往往置之一笑，没放到心上。她的潜意识是：有海清这个朋友式的上司，我怕什么？

公司的规模渐渐扩大，刘佳所在的部门也进了不少新人，但是平心而论，他们的思维理性成分偏多。后来李海清由部门经理做到总监，却没有建议让刘佳补他的空缺，而是提拔了另一位才24岁，刚进公司一年的小伙子。刘佳感到难以接受，她认为自己应该是最合适的人选，别人不了解也罢，难道共事这么久，李海清还不了解她的能力吗？冲动之中，她很想辞职。

其实，客观地想，李海清的做法也在情理之中。他和刘佳太熟，刘佳的所有缺点都被他看得清清楚楚，而她的优点往往被认为是理所当然。另外，就算为了避嫌，他也不会轻易提携她。

所以，和上司保持适当的距离，可以让你在上司眼里显得更完美。

持续学习是永恒的刚需

对于职业女性来说，挤出时间、重新拾起课本已经是一件难事。要她们完全放弃目前的工作，排除干扰，重温“苦行僧”生活更是难上加难。所以在职读研不失为一个理想的选择，它既能满足补充知识、提高学历的愿望，又不会中断眼前的事业发展，也可以避免与行业和社会脱节的情况发生。同时在职读研也有以下一些优势：

1. 成本低

有人算过一笔账，如果脱产读研，前后的经济成本至少超过 8 万元，而在职读研费用就低多了，学费以外没有任何其他成本。

2. 省时间

在目前严峻的就业形势下，如果中断工作读研，损失的可能不只是两年半的工资，更多的是机会和时间成本。在职读研最大的好处就是事业、学业两不耽误。

3. 学以致用

在职研修班的宗旨是帮助学员提高工作能力，并接触行业尖端技术，开阔视野，与国际接轨。因此，学员在学习期间就已经掌握了足够的工作技能并参与了一定的实践，学的东西能立刻应用于工作中，更能获得满意的工作机会。

4. 建立职业圈

职业的发展，离不开人际资源的积累，通过在职研修班的学习，可以有效建立自己的职业圈，保持与同行的交流，才能够在职场竞争中从容不迫。

正因为有这么多的优势，所以选择在职读研对于职业女性来说不失为理想的选择。所以近几年来各类“在职研究生班”受到普遍欢迎，各大知名高校也都纷纷招生办班。但是面对遍地开花的课程班，女性如何选择才能让时间、精力、学费花得物有所值呢？

1. 选择名校还是名专业

目前，在职人士可以通过 3 种途径攻读硕士学位。

（1）参加全国硕士研究生入学考试；

（2）参加专业硕士学位教育考试；

（3）同等学力人员申请硕士研究生学位。

后面两种都是属于研究生非学历教育，也就是最多只能拿到研究生的学位，而没有学历。他们的含金量各有不同。在职研究生培训的证书按含金量可分为如下几种：

（1）结业证或研修证，为同等学力即学习能力的证明，一般只需通过相应课程学习即可获得，含金量最低，获得证书后学历和学位不会有任何改变。

（2）在职申请学位，参加每年的在职人员申请学位考试，需要本科以上学历同时具有学士学位者可以参加。在职申请学位不是学历教育，申请人在获得学位后，只表明其在学术上已达到硕士学位的学术水平，具有硕士学位毕业研究生的同等学力，不涉及学历。因此申请人不能获得硕士研究生毕业证书。

学位不等同于学历，取得学士学位证书的，必须首先获得大学本科毕业证书，而取得硕士学位或博士学位证书的，却不一定能够获得硕士研究生或博士研究生毕业证书。现在经常出现将学位与学历相混淆的现象，如有的人学历为本科毕业，以后通过在职人员学位申请取得了博士学位。

很多有研究生培养资格的高校都有在职研究生招生计划，每所学校都有自己的重点院系和重点专业，在这些学科中集中了该领域的知名教授，代表着学科最前沿的成果。

那么该如何选择学校呢？女性在选学校时首先要高度敏感，时刻关注自己所处的行业对人员技能和需求情况，这将决定学习方向。认真分析一下这个领域对所需人才有什么样的标准和要求，诸如学历、工作经验、专业背景等。然后要确定自己的学习专业，再根据专业挑选学校。挑选学校忌盲目，应该事先了解学校各学院各专业的培养计划和专业设置，再综合考虑学费，上课时间、地点是否方便等诸因素。

2. 在职申请学位，为职场竞争增加成功砝码

女性在职攻读硕士研究生的学位，既可以紧跟国内发展步

伐，拓展社交圈，又可免去很多费用，不可否认，在职读研性价比很高。

当然，设身处地地为女性着想，最实在的还是能够达到求知、拜师、交友多重目的。学习是为了更新自己的知识结构，开阔视野；拜师是想听听学者、经济学家的授业解惑；交友则是希望同学之间通过学习增进了解和信任，扩大人际资源，打造无形资产，创造日后的合作机会。

3. 意想不到的附加值

对部分研究生班的学生来说，人际关系比文凭重要得多。在一些人眼里，中国是个人情社会，“市场经济”就是“朋友经济”。参加研究生班的学生大都已有一定地位：如政府官员、企业经理等，因此参加课程班可以扩大社交面。所以，研究生课堂更应是相互交流和分享学习、工作、生活经验的地方。

近几年来，在职充电已经成为白领女性的一种追求。不管是要学历还是要学力的读研者的数量一直在猛增。有关专家认为，出现在职读研热的根本原因有多方面，总体上讲，国家从宏观上提出要加强继续教育，要求知识要不断更新，一张本科文凭就能受用一生的时代已经过去了。

对女性而言，只有不断提升自己，不断给自己“充电”，才能适应学历教育普及程度不断提高的要求。与此同时，“文凭社会”也开始向文凭加技能的“学力时代”转变。更多的招聘企业不再简单地凭应聘者的文凭招聘员工，应聘者的实际操作和与人沟通的能力显得更加重要。这就要求求职者不仅要有较高的文凭，还要懂得在实际中运用所学知识，在众人面前展现出自己的真才实学。

总的说来，女性要保证在今后几十年的劳动年龄中不下岗、不失业，就必须不断充电。既不想失去工作，又想提升自我，在职读研不失为一种理想的选择。

第三章

在纷繁的世界里，做独一无二的自己

用情商打造你的社交圈

女人在社交中要想表现得独立，一个重要的特征就是要有自己的社交圈。对女人而言，社交圈就像一面镜子，是兴奋神经的道具，而社交不过是玩弄于股掌间的一个游戏，她们在各种角色间轻松游走，自由转换，游刃有余，如鱼得水，最终收获成功和幸福！

这些活力四射的新时代女人，她们的生活中往往有自己不同的圈子。

小姣是一家报社的记者，因为工作的关系，她有一个娱记的圈子。这个圈子里，大家泡吧、赴诗会、开新闻发布会、搞策划，彼此之间有着心照不宣的默契。巩固和发展自己在圈子里的地位，这样才能站稳脚跟，否则圈子里的事情你可能就是最后一个知道。

为了维护自己在这个圈子里的地位，小姣经常临近子夜才回家。小姣因为这样的圈子和圈子带来的生活感到有些疲惫，但她很难真正脱离它。因为各种工作都是围绕着这个圈子进行的，怎能说放弃就放弃呢？于是，小小年纪便有了人在江湖，身不由己的感触。

你可以和一帮小姐妹约好每周末做美容，善待自己外加放松心情；你可以和几个玩得来的朋友泡酒吧逛商店，聊到哪里是哪里；你可以时不时和“狐朋狗友”一起出门旅游，潇洒走天涯。这样的圈子很松散、默契，因为大家的目的取向很明确，就是追求快乐。

小兰是会计师，整天和数字打交道，枯燥乏味。一个偶然的机会，她认识了一位朋友，那位朋友把她带到自己的圈子里，没想到她可以把日子过得这么丰富多彩。现在一有空，她就和她们泡在一起，看电影、泡吧，或者逛街。每周日打网球，是她们雷打不动的项目。小兰和朋友交流各自打球的心得，寻找着小资优雅生活的感觉。这样的圈子和业余生活，足以让她缓解工作带来的压力和烦躁。

圆圆喜欢旅游，每次出行必先读书，再画地图，然后按图索骥，自驾游。每次出游的伙伴都是新的，这样的缘故交了不少朋友。“这个圈子没有利益，完全是因为共同的爱好才走在一起，所以轻松愉快，大家在一起交流最近的旅游心得，相约更大的旅游计划，很是快乐。我奉行的标准是根据不同的需求去寻找不同的圈子，这样才能适得其所，我的生活也因为他们而变得丰富了。”

所以，一个想获得幸福、赢得成功的女人，一定要善于打造自己的社交圈，让自己掌握八面玲珑的社交智慧。

不过，必须承认的是，并不是每一位女性都具有高深的社交“功力”，但是，这并不代表你就要因此而放弃社交，放弃修炼社交智慧，而应该设定一些特定的标准和要求，让自己同时拥有几个不同的社交空间，然后在适当的时机将它们合而为一，让社交的魔力催化你的事业，造就你的幸福！

“嘿，你是谁，我们认识一下吧！”只要你敢说出这句话，你就会有很多的新朋友，就会接触到闻所未闻的话题，艺术表演、科技探讨、商贸交流、国际环保、星座八卦等，这些从未涉足的领域，会让你真正拥有“心有多大，舞台就有多大”的极致感受！

总之，在这个色彩斑斓的世界里，女人们时刻注意自己在社交场所中的形象，打造自己的社交圈，这不但是女人自信的表现，也是女人魅力的表现。

比美貌更吸引人的是女人的优雅

优雅，向来是个令众多女人顶礼膜拜的词汇，它是很多优雅女人傲视群雄的资本，也是很多女人奋斗的目标。从某种程度上讲，优雅总是需要自我控制的，不能无所顾忌，任性而为。我们不妨用拆字法对“优雅”这个词进行细致的分析，所谓的“优”指的是一个人内在的品质、涵养、气度、心态所具有的完美状态，而“雅”则是你内心所处的完美状态的外化，是你那优雅的举止、文雅的谈吐和高雅的形象。因此，优雅实际上是内在和外在完美结合的产物，要找回我们生活中的优雅，就必须从内、外两方面同时着手。

1. 内心展现天然优雅

真正的优雅是来自内心的“神韵”之美，是充实的内心世界、质朴的心灵表现在外的真挚表现，是自信的完美个性的体现。而所有的这些都来自你所受的教育、你的自身修养以及你对美好天性的培植与发展。

戴西，一位集优雅、美貌、智慧、高尚、纯洁、坚强于一身的奇女子。她在年轻时历经苦难，在屈辱中活了下来，但她并没有成为一个因心碎而刻毒的老人。

当有人问起她的那些艰苦岁月时，她优雅地直起背和脖子说：

“那些劳动，有利于我保持身材的苗条。”而她在86岁的时候，与3个年轻女子一起出去吃饭，只在一起走了几分钟，那3个女子就感到像是3个男子陪一个迷人的美女去餐馆，而不是3个女子陪一个老妇人。

当然，我们从戴西身上看到的不仅仅是优雅，还看到了像花朵一样芬芳的心灵。她的优雅源于她所接受的良好教育，来源于她高尚的人格。她的优雅成为她魅力的组成部分。

2. 仪态彰显优雅本色

拥有优雅内心的你想必也会有优雅的仪态，但是在平常的生活中经常听到有人抱怨说：“我也希望自己长裙拖地、步履轻盈、神情高贵地行走在华丽的宫殿里面，展现无限的优雅；我也希望在落日沙滩、椰树摇曳的美丽画面中悠闲地躺在长椅上，展现迷人的优雅！可是，我没有金钱，也没有时间，更糟糕的是，现代社会如此紧张快速的生活节奏已经不允许有优雅生存的空间了，为赶时间上班我只能在拥挤的公交车或地铁上大口大口地啃手里的汉堡而不顾任何不雅，你怎能要求我端坐桌前，举止文雅地一小片一小片撕好手中的面包，再从容地放进嘴里呢？总而言之，对现代女性（尤其是上班族）谈优雅是一种奢侈！”确实，忙碌的生活节奏下为生存而奔忙的压力让现代女性无法生活得悠闲、精致，但是，我们至少应该在现实的生活背景下尽可能地活出品位来。

实际上，优雅的展现方式有很多种，一个眼神、一句话语、一个动作、一个微笑，无不让你优雅万分。如果在日常生活中注意以下几个方面，优雅对你而言就不会是那么遥远的事情了。

（1）待人要诚恳。在与人交谈交流时，态度一定要诚恳、热情，表现得落落大方、温文尔雅。

（2）走路姿态从容优美。

（3）穿着合时宜，服饰整齐清洁。

（4）谈话平静温柔。不可滔滔不绝、粗声大气、语惊四邻、争得面红耳赤。

（5）行动适度，落落大方。

（6）和气温柔，举止适宜。

优雅的女人待人接物总是那么有分寸，举止也是那么文雅，既不失礼节，又见不得势力。从这些我们知道，女人要想受人欢迎，靠的不一定是相貌，而是学识、经验等一切使你优雅的外物。让我们都做优雅的女人吧！

打造良好的第一印象

和他人第一次见面时，我们往往会以先入为主的观点去评判他或她。如“他大概很难沟通”或“他可能是个亲切的人”。通常，我们会凭直觉的判断去选择亲近某人，或者疏远某人；当然，我们不会用言语来表示，但行动却泄露了我们的秘密。譬如说，你见到一位其貌不扬的人，心里觉得很讨厌，于是你避着不和他说话，虽然什么都没说，但是你的态度却能使对方猜出一二。

所以说，一个人的“第一印象”是非常重要的，别人对你或你对别人都是这样。和他人初次接触中必须注意这一点。初到一个新环境，人人都有紧张、陌生的感觉，所以只要抓住人人受先入为主的观点影响这个特点，从一开始就树立良好的第一印象这一策略入手，保证会收到事半功倍的效果。女性要创造良好的第一印象，可以如下几方面入手：

1. 仪表要端庄

仪表一般指女性的外貌及外表的修饰，尽管人们都知道“以貌取人，失之于人”的道理，但在公共场所，谁都愿意同一个衣着整齐、仪表大方的女性在一起，没有人会乐意和一个不修边幅、邋邋遢遢的女性在一起。

2. 谈吐文雅

文雅的谈吐就像整洁的仪表，会使人觉得十分愉快。如果你能善于运用文雅的辞令，偶尔开个玩笑，说些俏皮话，对方能够感受到你内在的涵养、气质，而乐于与你交谈。

相反，如果你行为举止草率，满口粗话，则会让对方认为和你谈话是在浪费时间。因此，平日应该练习谈话的技巧和优雅的举止，给对方留下良好的印象。

3. 待人真诚

在日常生活中，谁都愿意和热情、真诚的女性交往，同虚伪、自私的女性保持一定的距离。因此，你要想获得良好的第一印象，就要待人真诚，就要关心别人，爱护别人，让别人认为有你的存在，生活又多了一份美好。

4. 主动跟别人打招呼

一般情况下，与别人第一次见面，我们都会产生防备的心理，想要消除这种紧张的心理，最好的方法便是敞开心怀，主动跟他人打招呼，否则双方一直保持沉默，那永远只是陌生人而已。

有一位女士最不喜欢安静地待在聚会的角落，因此，每次在聚会的场合，总会见到她忙碌地在人群之中穿梭，抓住素昧平生的人闲话家常，替他们拿吃的、找位置等。由于她主动跟别人打招呼，使别人对她产生亲切感，即使是较为害羞的人也会找她聊天。

每个人都具有以自我为中心的个性，与别人初次见面时总是不愿先开口，反而期待对方开口，如果你能了解这个简单的心理，主动与他人打招呼，必定会使他人对你印象深刻。

5. 以寒暄语作开头语

两个事先对彼此都不了解的人初次见面，很容易陷入无话可说的尴尬场面，这时不妨以一些寒暄语作为开头，如“天气似乎热了点！”或是“最近忙些什么呢？”都可以帮助你缩短与他人之间的距离。

虽然这些寒暄语大部分是无实质意义的，然而就是因为这些话语才使初次见面者免于难堪的沉默。以下一些方式可供你参考：

（1）从天气谈起。

（2）询问对方的工作、身体状况等。例如，“这一阵子工作忙吗？”“快毕业考试了吧！”“你气色不错。”等。

（3）从对方的行动谈起。例如，看到对方下班，可以问一句“下班啦！”等。

寒暄语的运用就像一把打开话匣子的钥匙，它可帮助你和他人顺利地谈话，缩短双方的心理距离。

6. 事先有所准备

说起罗斯福，见过他的人无不佩服他广博的见闻。一位拜访过他的人曾说："不论来访的是牛仔、勇敢的骑兵队员，还是政治家、外交官，罗斯福都能找到适合对方身份的话题，让彼此的交谈十分愉快。"为什么罗斯福能做到和每一位初次见面的人相谈甚欢？原因很简单，每当有人来访时，罗斯福就会于前一天晚上查阅有关当事人的资料，所以不论来者是达官政要，还是贩夫走卒，会谈时，双方都有共同的话题。

因此，在与人初次见面谈话之前，应该事先有所准备，在交谈时灵活运用各种方法以赢得他人的好感。

7. 借用自然活动的自我介绍

与人第一次见面，通常由自我介绍或经由他人介绍开始，所以一个让人印象深刻的自我介绍是必需的。

一般人在自我介绍时，常常含糊地把名字念出来或递出一张名片就草草结束，其实这浪费了制造好印象的绝佳机会。自我介绍的本事越强，就越能引起他人与你交谈的兴趣，因此你应该善于把握自我介绍的机会。自我介绍时，以下两点可以供你参考。

（1）清楚地说出名字。名字在聚会场所中代表一个人的独特性，所以在说出名字时，应该正确告知对方念法和写法。

（2）简单地介绍自己的背景、嗜好、兴趣等。如果只是说出姓名，传递给对方的信息就显得太少，使对方无法找出话题与你交谈，所以你可以在说出名字之后，简单地补充一些个人资料，使听者能更进一步了解你，并获得更多信息和你谈话。比方说：“我喜欢做户外运动。”“真的吗？我也很喜欢。那你经常做哪些运动呢？”“踢足球、慢跑……”就这样，两个人便开始愉快地交谈了。

自我介绍时，不妨多介绍一些有关自己的事情，使对方对你有进一步的了解，从而减少双方的陌生感。

8. 言语乏味也要耐心倾听

第一次与人见面，很可能因为了解不深，缺少共同的话题而使场面变得冷清。但是如果对方兴致盎然地谈论他觉得有趣，而你觉得乏味的事情，你也应该微笑聆听。

或许你对足球知之不多，而对方正好对此有些心得，于是他开始为你介绍，讲述一些球场上的趣事。此刻你可能因为对此没有兴趣而觉得谈话内容非常乏味。但这时你不能表现出不耐烦的样子，应该耐心听他讲完，避免对方产生挫败感，拒绝再和你交谈。

如果你真的无法接受对方的话题，不妨等对方说到一个段落之后，巧妙地转移话题，避免造成对方的难堪。

每个人感兴趣的话题不同，当你觉得他人言语乏味时，很可能你给他人的感觉也是如此。因此要想留给他人良好的印象，应该灵活运用说话的技巧，使对方觉得你是一个不错的谈话对象。

练好自己的“门面功夫”

女人要练好自己的“门面功夫”，而成为社交中受欢迎的人。

那么，“门面功夫”具体包括一些什么内容呢？它包括女性的仪容和社交礼仪等方面。有关专家给出了一些有关女性仪容方面的标准：

外观：容貌悦目，身材适中。

姿态：温柔、活泼，而且轻盈自然。

表情：蕴含内在美。

喜好：喜爱各种活动，有生活体现，表情坦然，城府不深。

发式：发式与面形相配柔软光泽，不太卷曲，无须太精致。

打扮：大方得体，不能太露、太古怪，让人难以接受。

礼仪：言谈举止自然适中，不过度也无不及，适可而止。

性格：和蔼可亲，容易相处。

作为女性的“门面”，社交礼仪是更为重要的。它在社交活动中往往有着举足轻重的作用，不仅是一个人“门面”的反映，而且也关系到良好形象的树立和社交活动的顺利进行。

那么，常见的社交礼仪包括哪些方面呢？

1. 称呼

在社交场合，对人的称呼是很有讲究的。对关系一般的同事，人们习惯称呼他们的全名，而对比较亲近和熟悉的亲戚、朋友，则习惯将他的姓省掉，只呼其名或昵称，这样容易拉近彼此间的距离，有利于感情交流。

2. 握手

握手是社交中一种十分常见的问候方式，但这种看上去很普通的事，做起来却很讲究，而一些人对此却不加注意，他们或不住地和别人握手，或握手时左顾右盼，或者轻轻一碰，或大幅度地上下摇动。这些都是很不礼貌的行为，易引起对方的反感。

正确的握手姿势应该是：站起来，略斜向下伸出右手，身体略微前倾，眼睛平视，适度用力握住对方的手（不能有气无力，也不能过分用力，轻度摇动两下），同时微笑点头示意。如果对方是年长或地位高的人，应该先向他致问候词，待对方伸出手来再握。

3. 巧用“谢谢”

“谢谢”起着调节双方距离的作用。但有时，谢谢也起着拉大距离的特殊作用，如在一些社交场合中有意使用一些感谢语，来显示自己对恋人、亲人、密友的冷淡态度，拉大双方的心理距离。

在社交中，“谢谢”并非在任何场合都可以随便滥用。要运用好“谢谢”，就应注意以下几点：

第一，“谢谢”不要说得太多，客气话过多就会破坏气氛。比如，你到朋友家去。一进门，朋友递过一双拖鞋，你忙说“谢谢”；朋友请你落座，你又说声“谢谢”；朋友递过一杯茶，你仍没有忘记说声“谢谢”。这在朋友之间是大可不必的，因为这里的“谢谢”已显得多余，在朋友之间会生出生分感，在外人看来，又近于虚伪了。

第二，说“谢谢”要掌握分寸。有人替你做了一点小小的事情，也许只是举手之劳，如你提着水壶，他帮你拉开了门，这时你只说声“谢谢”就够了。如果连连“谢谢，谢谢，太对不起了，如此劳烦，实在过意不去，太过意不去……”就显得太过了，听的人也难以受用，因为他实在没有什么让你“过意不去”的地方。

第三，“谢谢”要发自内心。如果冷冰地道声“谢谢”，那就变成嘲讽或轻蔑了；如果是平平淡淡地说声“谢谢”，也会让人觉得你的感谢言不由衷，像例行公事似的，别人会想，你不想谢就别谢，何必勉强呢？只有发自内心的“谢谢”，才能使人听起来自然、亲切。

第四，说“谢谢”要注意场合。你与对方单独在一起时，对他（她）表示感谢，一般会有好效果；如果面对的是一群人，千万不要单独对一个人表示感谢，那么就有可能冷落别人，也会使被感谢的人难堪。

对于女性来说，令人羡慕的外表能给你增彩。同样，得体的社交礼仪也能为你“撑门面”。一个不注重社交礼仪的女性，很难让人相信她会有多好的涵养，这样在社交中自然失去了印象分。

微笑的女人最美

“笑一笑，十年少”，我们耳熟能详。有位世界名模也说过这样一句话：“女人出门时若忘了化妆，最好的补救方法便是亮出你的微笑。”微笑，本不是女人的专利，但当女人从心底发出微笑时，足以让灰暗的天空焕发出亮丽的光彩，让平庸的世界创造伟大奇迹……达·芬奇的名画《蒙娜丽莎》中，那神秘而安详的微笑只属于女人，那永恒的微笑迷了几个世纪。

在中国，历来也有“回眸一笑百媚生”的说法。不管你是“艳如桃花”的绝代佳人，还是长相平平的淑女，只要微笑，就会在别人心目中留下美好印象，一笑即生万种风情！

微笑如绵绵春雨，滋润干涸的心田；又似徐徐春风，可以抚平或舒展心灵的皱纹。

微笑的女人笑容绽放在脸上，心里充满阳光，让人感觉暖意融融。

江丽是一个四十几岁的中年女性，皮肤黝黑光滑、身材微胖，从外表上看来，她实在是有些其貌不扬。但是，性格直率、开朗大方的她却以她的微笑征服了很多人，无论是在生活上，还是在网络上，她都拥有很多的朋友。

江丽是一个闲不住的人，她喜欢每天忙忙碌碌的生活。所以，尽管她的生活条件比较优越，但她却开了一间小茶吧。茶吧的生意十分兴隆，因为江丽在面对顾客时不仅服务热情周到，而且始终不忘亮出她的金字招牌——微笑。

她的微笑为她引来并留住了许多顾客，有一位六十多岁的老大妈经常光顾江丽的茶吧，她对江丽说："我每天转到你这里，就想来坐坐，因为很喜欢看你笑！"

在网上，有很多网友说："最喜欢看江丽的微笑！"因为江丽每次与朋友视频时，都会情不自禁地微微一笑，那美丽的微笑就像一朵娇羞的水莲花，让人陶醉其中。

人的容颜总有一天会衰老，人的身材也总会走样，但一个人美好的微笑却永远不会老。每天微笑的女人才是最聪明的女人，也是最美丽的女人！

在我们的生活中也不能缺少微笑。如果我们能够永远保持真诚的笑容，不仅会有益于健康，而且也会成为我们事业成功的巨大动力。

俄国伟大的诗人普希金曾写诗劝慰他的一位对人生充满失望与忧伤的朋友，希望这位朋友从痛苦的阴影中走出来，重新焕发对生活的乐观情绪。诗的结尾是这样写的：

啜饮欢乐到最后一滴吧，
潇洒地活着，不要忧心！
顺遂生命的瞬息过程吧，
在年轻的时候，你该年轻！

“在年轻的时候，你该年轻！”普希金这饱含深情的嘱语，很值得女人们永久地思忖。

女人在社交场合的微笑，能够展示自身的品位。微笑是笑不露齿，文雅得体。在一些不熟悉的场合，当别人友好地看着你时，你微微一笑，那么人与人之间的关系就不会显得紧张，反而会变得自然，易使他人产生好感。

在生活中，我们所需要的是真诚会心的微笑，而不是虚伪的、机械化的表情。

你愿意微笑吗？试试看，它可能会改变你的整个生活。因为微笑是和煦的春风，是快乐的精灵，是看不见的财富。懂得对自己微笑的女人，她心灵的天空将随之晴朗；懂得对别人微笑的女人，将会拥有美丽的人生！

如果你觉得你没什么长处，那你就微笑吧！因为世界像一面镜子，当你向它微笑之时，它必以笑颜回报。

记住，学会微笑的女人，就是最美的蒙娜丽莎！懂得微笑的女人。

掌握交谈的技巧

谈话是语言、表情、手势等各方面参与交流的过程，女人在社交中适当地运用幽默是交谈的润滑剂与兴奋剂，可以使交谈更加轻松活泼。有效地修饰说话内容，有声有色地表现谈话内容，会使女人表现得更有礼貌和风度。要做到谈吐得体，需要掌握以下几个交谈的技巧。

1. 善于运用幽默

幽默是一个女人良好修养的表现，它能体现出一个女人的智慧。很多情况下，幽默可以化解尴尬。女人在论理道事、寄寓于谐、风趣幽默的时候，总是会赢得他人的敬重。

幽默能表现女人的风度、素养，使人在忍俊不禁之中，借助轻松活泼的气氛赢得对方的好感。幽默是一种高深的说话艺术。运用得当，能给女人的谈话锦上添花，叫人轻松之余又深觉难忘；反之，则会弄巧成拙。在社交场合，女人的幽默可以迅速地消除人与人之间的陌生感，也可以为你增添魅力。如果女人想在社交生活中给人留下良好的印象，就要学会运用幽默。

女人在运用幽默时，表情一定要自然轻松，只有这样，你才能将幽默的轻松气息“感染”到身边每个人。记住，一个看来满面愁容或神情抑郁的女人，是不可能真正地发挥幽默的魅力的。幽默的人生，是乐趣无穷的。所以，学会和善于运用幽默，会令女人的社交生活更为丰富和快乐。

女人在使用幽默的时候也要具体情况具体分析，要分清场合尤其是对长辈、其他女性、初次相识的人，一定要慎用幽默。同时，女人的幽默要注意“度”，一旦过了头，就可能被对方误解为取笑或讥讽。

2. 纠正他人错误有技巧

人非圣贤，谁能无过呢？每个人的一生中都无可避免地会犯下这样或那样的错误。谈话同做人一样，谁都不可能洋洋万言、行云流水而毫无差错。

那么女人在社交场合，发现对方言语有误时，该如何纠正呢？

如果在社交场合，大家都没听出“错误”而说话者又兴致正浓时，那么你千万不要急于纠正。可以等谈话结束后，再悄悄地指出对方的错误。如果每个人都发现了“错误”却无人敢于纠正，那你可以写一张小纸条传给谈话者，将他的错误写出来告诉他，他自然会懂得如何“自我纠正”。

如果只有你和他交谈，而你们又不是很熟悉，你就不要直接纠正他的错误。这时，你可以使用“重复纠错法”，即有意识地重复他说错的部分，在重复时当然是用正确的发音或措辞，这样，他自然会心照不宣地接受你的“正确信号”，从而改正错误。如果是关系很好的人，你可以当即委婉地指出，而不要采用旁敲侧击的方法。

3. 学会赞美他人

女人在社交中，适当的赞美是十分必要的，因为适当的赞美可令对方无限喜悦，对谈话起到润滑的作用。女人在赞美时，要有真诚的态度。真诚而恰到好处的赞美，一定可以打动对方的心。若是毫无诚意地胡乱恭维，则只会令人尴尬和反感。

如面对一位大家都公认的美女，你除了赞美她的容貌外，不妨着重赞美她的其他优点，如聪明、活泼、温柔等。因为她很可能对于“漂亮无比”之类的套话听得厌倦了。而对于一位相貌平平者，若你说她“真漂亮”则很可能引起她的不快，因为每个人对自己的相貌都是心里有数的，不美的你硬要说成美，肯定会令人反感。

赞美要有“尺度”，在切合实际的情况下小小地夸张一些，无妨；若是天花乱坠，硬要将一个花甲老人说成“矫健青年”，又或者将一个工作平平者说成“业绩突出”，那样做只能适得其反。

如果朋友帮你做了件小事，你可以说：“成人之美，谢谢了！”这种赞美朋友会照单全收；但你若夸张地说：“你对我恩同再造，我铭感五内，永世不忘。”朋友不吓跑才怪。

因此，赞美要适可而止、恰到好处。多用、滥用只会令其流于形式、流于虚伪。

4. 艺术地表达不同意见

女人在社交中还要学会艺术地表达不同意见，当两个人就一件事有不同看法时，怎样才能艺术地表达呢？先看下面两组对话。

A：

“小王，我觉得这件事应该这样，首先……”

“小李，你说得不对！你的方法已经过时了。依我看……”

B：

“小王，我觉得这件事应该这样，首先……”

“小张，你想得很全面，有些我真是没想到。不过，你所说的……我也有个想法……你看，这样是否会更为快捷一些？”

毫无疑问，B 比 A 的效果好。

女人在表达不同意见时，最忌讳一开始就全盘否定对方，那样做等于是将对方逼到了你的对立面，两个对立的人，又怎能达成一致的见解呢？一般来说，最基本的表达歧见的艺术方法是：先肯定对方，然后提出疑问，再推出自己的见解。这样，对方便会在不知不觉中跟你站到了同一立场上。

5. 不要用拿不准的词句

在一家大企业工作计划会上，一位中层管理者赵女士，引起了高层的注意。她举止端庄，措辞得当，尤其是她的几点“补充建议”更是令到会者心悦诚服。大家对她报以热烈的掌声，她谦恭地说：“抛砖引玉之谈，谢谢大家厚爱。不过最后几点建议确实有一定的可行性，尤其是……我觉得这同三十六计中的‘掩耳盗铃’之计有异曲同工之妙……”

会场传来几声窃笑。决策者的脸上露出失望的神色，很显然，“掩耳盗铃”四个字完全用错了地方！她在没有弄清楚三十六计及掩耳盗铃这两个成语的情况下而“冒险”使用，当然会令别人觉得她浅薄无知而发出窃笑。

一般来说，在社交场合，使用拿不准的词语是一种“冒险”，侥幸撞对了，当然好得很；若用错地方，则只会贻笑大方。

其实，汉语中有太多的词语可供选择。女人实在没有必要去冒险使用自己拿不准的词语。如果实在喜欢某句话，又拿不准，不妨回家查阅词典，拿准了再用也不迟。对那些自己觉得似懂非懂、似是而非的词语，千万不要随便在社交场合“抛出”，弄不好，会让人当成笑柄。

女人如果对上述的一些技巧不加以重视的话，在社交中很难赢得别人的喜欢。

6 种高情商行为体现你的教养

高情商的行为本身是种良好教养的体现，它常使人表现出得体的谈吐、周到的礼仪等，使人自然而然地吸引周围人的目光。其实，只要在日常生活中多注意使用一些高情商的行为，作为女性的你必然会练出“万人迷”的魅力。

1. 保持笑容

“笑一笑，世界更美妙……”不单在旅游业提倡礼貌、微笑服务，各行各业的工作人员对客户、业务伙伴也应礼貌周全，保持可掬的笑容。笑总是给别人舒适的感觉。而“笑”也是女人获取别人喜欢的重要“武器”。

2. 发扬礼让精神

如何使陌生人觉得你可爱？礼貌是不可或缺的要素。在这个紧张忙碌的社会里，日常生活中看到女孩子失态的真实例子极多。

如女人在酒楼餐厅、公共电话亭，总是拿着电话听筒不肯放下，任有多少人在排队等候，她也视若无睹！这是一种令人难以接受的失态，须知这类贻笑大方的行为，会叫别人在心里暗骂你的自私无理。要是不经意地传扬开去，你还是惹人喜爱的女孩吗？

3. 记住别人姓名

记住别人的姓名，是交际中博得他人好感的一个重要手段。若一个很少见面的朋友、客户、亲戚，知道你记得他们的名字，他们便会觉得自己在你心目中有一定的地位，对你自然顿生好感。

4. 善解人意

一个体贴别人的女人，总是设身处地为别人着想，不让别人感到紧张、拘束，更不会让别人尴尬难堪。

5. 要忠诚、正直和具有爱心

要想让别人喜欢你，你必须具备一些基本的品格——要忠诚、正直和具有爱心。或许，只要你具备了这些基本品格，其他的各种品质也就自然而然地具备了。

6. 尊重别人

你尊重别人，别人也会尊重你；你喜欢别人，别人也会喜欢你，实际上，这就是你喜欢别人的另一方面。美国著名学者威尔·罗杰斯说过一句话："我从没遇到一个我不喜欢的人。"这句话或许有一点夸张，但我们相信，这对威尔·罗杰斯来说并不为过，这是他对人们的感觉，正因如此，人们也都对他敞开心怀，就像花儿对太阳敞开心怀一样。

女人在社交中，要想让别人喜欢你，成为众人仰慕的“万人迷”，那你就应从以上几方面着手，做一个惹人喜爱、魅力十足的女人。

建立良好的人际关系

俗话说：“多个朋友多条路。”朋友不但能给我们心灵的慰藉，还能给我们的事业铺路搭桥。在实践中，良好的人际关系有助于在社交中赢取“畅销”，打开人生的局面。

有一位成功女性在谈到友谊时说：“我真希望为自己找一个知心朋友。我有不少生意场上的朋友，但没有一个知己，我感到十分孤独。偶尔心血来潮，毫无缘由地给朋友打电话，结果也仅仅只是问个好，从来没有可以开心地谈天说地的对象。”

在互相建立联系的过程中，有的女人似乎自始至终都受着约束，她们不愿意让别人知道自己的弱点——挫折、焦灼、失望。她们怕被人视为弱者，表现得像一味怨天尤人的失败者，使他人对自己失去兴趣和尊重。同时，她们也不愿意与人分享自己胜利的欢乐，因为她们怕激起别人的竞争、嫉妒或表现出一种狂妄而被人指责。

其实，女人的交际能力远比男人强，只要克服了上述心理上的弱点，她们能交到比男人更多的朋友。

那么，女人怎样克服自己的弱点，利用自身的交际优势，打造成功的人际关系呢？以下几个建议会帮助你：

1. 善待朋友

无论何时何地，如果有人想主动结识你，绝不要当场立刻拒绝，而应马上作出友善的回应，向对方展示你的友善和真诚。永远记住，多善待一个希望结识你的人，你就多一条路。

2. 保持自信

每个女人待人接物的特点和方式都不同，但是有一点可以肯定，善于社交的女人必然是个自信、开朗的人；一个腼腆、保守的人很难打入社交圈子。

一个女人如果很不自信，她就不愿意走出去主动与人交往，更不用说拓展人际关系了。

3. 培养受欢迎的个性

有一些女人尽管有很高的社交要求，她们仍然会觉得和别人交往会让她们心神不宁，带给自己莫名的紧张。锻炼自己的“耐性”可以让自己在人际交往上得到长足的改善。

4. 以开放的心态交友

如果你想有更多更好的朋友，就应该养成开放宽容的心态。其中最重要的是，要勇于接受朋友们的意见和批评。只有善于吸收意见的人，才能成长得快。能够为自己提意见的朋友是珍贵的朋友。处处寻找朋友，寻找朋友们的建议，才是理性和成熟的体现。

“在家靠父母，出外靠朋友。”多一个朋友多一条路，多一个朋友多一笔资源和财富。

女人要想拓展自己的社交关系，立足于社会，就要尽可能地多交几个朋友。朋友多了，视野才更开阔，生活才更充实，自己的帮手越来越多，社交平台才会越来越宽阔，你也会越来越“畅销”。

第四章

经济独立的女人，你有底气的样子真美

你的经济后盾不是男人，而是强制储蓄

每个月领完薪水后，你怎么处理这笔收入？是莫名其妙就从指缝间溜走，不晓得钱花到哪里去，不到月底就要借钱度日，还是为了自己的梦想，有计划地储蓄？储蓄到底有多重要？存多少？怎么存？看看下面的内容，你会更了解储蓄的，你会看到这个看似没有“油水”可“榨”的方式中也有点增值小技巧。

1. 少用活期存款储蓄

日常生活费用，需随存随取的，可选择活期储蓄，活期储蓄犹如你的钱包，可应付日常生活零星开支，适应性强，但利息很低，所以应尽量减少活期存款。当活期账户结余了较为大笔的存款时，应及时转为定期存款。

2. 定期储蓄选长期，获利相对较高

50 元起存，存期分为三个月、半年、一年、两年、三年和五年 6 个档次。本金一次存入，银行发给存单，凭存单支取利息。在开户或到期之前可向银行申请办理自动转存或约定转存业务。存单未到期提前支取的，按活期存款计息。

定期存款适用于生活节余的较长时间不需动用的款项。在高

利率时期（如20世纪90年代初），存期要就“中”，即将五年期的存款分解为一年期和两年期，然后滚动轮番存储，如此则可以利生利，而收益效果最好。

在如今的低利率时期，存期要就“长”，能存五年的就不要分段存取，因为低利率情况下的储蓄收益特征是“存期越长、利率越高、收益越好”。

3. 选择阶梯存储法

女性储蓄理财，要讲究搭配，如果把钱存成一笔存单，一旦利率上调，就会丧失获取高利息的机会，如果把存单存成一年期存单，利息又太少。为弥补这些做法的不足，不妨试试“阶梯储蓄法”，此种方法流动性强，又可获取高息。

例如，假定你手中持有5万元，你可分别用1万元开设1个一年期存单，用1万元开设1个两年期存单，用1万元开设1个三年期存单，用1万元开设1个四年期存单（三年期加一年期），用1万元开设1个五年期存单。一年后，你就可以用到期的1万元，再去开设1个五年期存单，以后每年如此，五年后手中所持有的存单全部为五年期，只是每个1万元存单的到期年限不同，依次相差1年。这种储蓄方法是等量保持平衡，既可以跟上利率调整，又能获取五年期存款的高利息，也是一种中长期投资。

此外，还要注意巧用自动转存（约定转存）、部分提前支取（只限一次）、存单质押贷款等理财手段，既可以避免利息损失，又可以减少亲自跑银行转存的麻烦。

4. 试试“利滚利”

所谓利滚利存储法又称驴滚存储法，即是存本取息储蓄和零存整取储蓄有机结合的一种储蓄方法。此种储蓄方法，只要长期坚持，便会带来丰厚回报。假如你现在有 5 万元，你可以先考虑把它存成存本取息储蓄，在一个月后，取出存本取息储蓄的第一个月的利息，再用这第一个月的利息开设一个零存整取储蓄户，以后每月把利息取出来后，存入零存整取储蓄户，这样不仅存本取息储蓄得到了利息，而且其利息在参加零存整取储蓄后又取得了利息。

只有选择适合自己的储蓄方式，才能在储蓄这个看似没有“油水”的理财方式中获得收益。

理性消费，花小钱过优质生活

蓝菊一家是令人羡慕的中高收入家庭。蓝菊在一家公司任职会计，丈夫是外资企业的部门主管，夫妻月收入高达 20000 元。宝贝儿子今年 5 岁。

可一直以来蓝菊却为每个月接近 15000 元的高支出发愁：“虽然拿着高工资却几乎没有存款，更不用说什么投资了。都说我们是中产阶级，可是我们自己一天也没感觉到已过上了中产水准的幸福生活。每个月都要还银行贷款，为了社交活动还得购买品牌服装。为了攒钱，一天到晚累死累活，开心享受的时候很少。我不知道多少钱可以让我们生活得舒适。”

应该说，蓝菊一家的状况并不是个别现象，很多都市人面临着这样的问题：房子需要更大的，衣服需要更贵的，汽车需要更豪华的……充分享受生活的现代人，超支的恐慌却始终伴随着他们。虽然收入一路上扬，存款却不见增加，日子过得捉襟见肘。

蓝菊一家的最大问题就是不会花钱。追求生活质量当然没有错，但是并不是高消费才能带来高质量的生活。

其实，人们需要有好的心态去面对生活，想成为富有的人，除了会赚钱外，还要善于理财。当一个家庭收入稳定的时候，合理安排开支显得尤为重要。获得剩余资金的办法不在于“开源”而在于“节流”。只有通过“节流”，才能保证家庭有适当的资金进行投资规划，进而达到“开源”的目的。

蓝菊一家是中高收入人群，本应该达到享受和富有二者合一的境界，但事实并非如此，问题的关键在于她缺乏合理的理财规划，从而影响了积累财富的速度。

如果她学会制定严格而合理的理财规划，合理控制开支，就能在不影响现有生活品质的前提下省下大笔的钱了。

女人就是这样，总觉得自己的衣柜永远欠一件衬衫：今天买了一条裤子，又好似欠一件衬衫。每月花费不少在装束上，喂饱了各大时装店或百货公司的专柜，却饿了自己的钱包。

一个月辛苦赚回来的钱，全都用在消费上，结果存不到钱，这无形中成为很多女士的困扰。

女性消费的观念是很模糊的，有时很精打细算，一分一毫都计较；有时却一时冲动买下不少无谓的东西。那么到底如何成为一个精明消费的女性，既可满足购买欲，又不至于花费过度？

1. 列出清单

当女性到超级市场，或是百货公司购物时，看到什么有兴趣的，都会不知不觉地放在购物篮内，而真正需要买的，只可能是其中的一两件物品。所以解决这个问题的方法便是列出购物清单，不但可以避免漏买东西，又可避免买无谓的东西。

2. 减价才出手

这无须详述，因为很多女性都有减价时才出击购物的习惯。精明的消费者在这期间购物确实省下不少钱。

3. 熟识的购物地点

日常用品可到一些平价店购买，通常这些地方都以批发价出售物品；经常光顾某几间商铺，与商铺的老板混熟，日后购物可能有额外的折扣呢！

4. 大胆讲价

很多女性对讲价十分抵触，视之为“土气”的行为，但如不嫌弃的话，不要放过讲价的机会，因为往往真的可以省不少钱。

5. 利用商家宣传单

这是一种利用报纸单张内的广告刺激消费的做法；单张内通常有折扣印花，拿这些印花去购物，是一种节省开销的好办法。

6. 巧用信用卡

现在，每人都有一张或一张以上的信用卡，巧用信用卡可延迟付款的时间，让消费者在周转上更灵活。再加上某些信用卡有储分的功能，储满一个数量的分数可换取礼品。

7. 分期付款消费

在购买大件物品时，不妨考虑分期付款。普遍的分期付款都是免息，或是超低息。它的好处是不需要一次拿一大笔钱出来，但又可立即得到自己想要的东西。

8. 不要强行追赶潮流

刚上市的产品，价格通常都会很高，因此若过度地赶潮流，只会苦了自己的钱包。

从收入的角度来说，理财即是指管理好自己的资金使其保值、增值，从而满足家庭更多的消费需求；从消费的角度来讲，理财就是用一定数量的金钱获得自身更大需求的满足，即是指在消费实现的过程中节省下来的钱就相当于是你赚的钱。所以，女性既要满足购物的需求，又不至于花费过度，就要学会精明消费。

拒绝买买买，就是女人的财富来源

很多女人一逛街、一走进商场，眼睛里就只有华服靓衫和五花八门的化妆品，一个可爱的布娃娃、一串好看的风铃都能让她忘了一切，不管自己是否真正需要，不管家里是否需要，只要看着喜欢，就一股脑儿搬回家，时间久了，这些不必要的开支就很容易造成自己的、家庭的“财政危机”。

那么，爱美的女人们，如何才能控制你的购物欲呢？

1. 上街购物选对时间

业余时间尽量少逛街，多读书、看报、学习技能，既节流还为开源做好储备。如果确实需要上街，在逛街之前，先盘算一下急需购买的东西，用笔记下来，然后只买计划好的东西。

同时尽量缩短逛街时间，因为在街上、商场里逛的时间越长，越容易引起购买物品的欲望，最好是速战速决，买到急需的物品后，立即打道回府。

逛街时最好找个人陪同，特别是购买衣服时，不要听售货员说几句好话就飘飘然了，最好听听同伴的意见，当然自己也要有主心骨，不要一时冲动，买回家后就压箱底，造成不必要的浪费。

如是你意志薄弱，那么不要陪同朋友购物，因为你在陪购的同时，往往经不住商品的诱惑，朋友没动心，自己反倒购回一堆不需要的东西。

2. 面对打折，先给自己的欲望打折

说到购买打折商品，所有的女人都能讲出些门道来。诚然，大热天买皮货、大衣，三九天买T恤、时装裙，这属于正常的反季节打折，商家为了将过季的商品销售掉，以便及时回收资金，而众多家庭主妇和一些白领女士受其吸引，争相买便宜货，以求获得实惠。只是，当把大包小包提回家后，才懊悔地发现其中的大部分商品并不是自己非常需要的，很多衣服根本没有配套的服饰，真正实用的没几件。

因此，在面对打折促销的时候，除了要擦亮眼睛识破各种陷阱之外，还必须为自己的欲望打折，以免造成不必要的花费。比较好的一个方法就是：事先为自己拟一个购物计划，用清单的形式把应该购买的商品名称、数量和能够承受的价位标明，在购物的时候，一旦产生了购买欲望，就应该拿出清单来看看，提醒自己。

记住，按需消费，一定要买自己所需要的，避免“买而不用”造成的浪费。

3. 不在心情不好的时候上街购物

在许多人的观念里，女人总和逛街脱离不了关系，究竟是先天在性别上就清清楚楚地划分好了，还是女人的购物欲其实就和男人的烟瘾一样，只是一种情绪的转移？

观察一下身边的朋友们，也许就会发现女人的情绪变化往往是很外露的，比如说换了个新发型、戴了对新耳环、穿了件新皮裙、买了个新手包，或是和一大群朋友到 KTV 唱了一夜的歌，你疑惑着这样出手大方的花费是不是因为她交了新男朋友，还是因为她找到了一份收入颇丰的工作，结果她可能会对你摇摇头说：“我只是心情不好。”

一位 18 岁左右的女孩来到一家商店要购买一台跑步机，当她问过价钱后二话没说，掏出现金就准备付款，工作人员见她携带大包小包，又带了那么多现金，于是与派出所取得了联系。匆匆赶来的女孩家属告诉民警，女孩因为前几天和别人吵过架后心情一直不好，家里人也拿她没有办法。

用花钱来发泄情绪的女人，在我们生活中一定不少，或者，在刷卡的时候，她们的情感已经战胜理智，所以忘了平时总是在抱怨朝九晚五的工作劳累，也忘了一到月底钱包就空空如也时的懊恼和沮丧。其实，提着大包小包的“战利品”回到家之后，就会发现那些导致心情低落的原因和问题并没有消失或解决，却又因经济出现不良状况而增添新痛。所以，心情不好的时候，千万不要上街购物。以发泄为目的的购物行为，待情绪稳定后，就会追悔莫及。

4. 不急于购买喜欢的东西

有些女性在上街购物时，如果垂青某商品，往往一口气就把它买下。买回家用了没多久就把它打入了“冷宫”。

这种事情相信在大多数女性身上发生过，只不过扔的物品或多或少，或鞋或帽或衣服，为什么当初我们会买这些东西呢？其实好多东西我们并不需要，只是心血来潮或一时冲动的“杰作”而已。

所以，女性朋友们，喜欢上了一件衣服或其他物品时不要急于购买，先把购买的念头搁置几天，几天后如果热情仍未减再做购买的打算。这样，你就不会因为一时的冲动而导致“遗憾消费”。

每一个节假日商家都不会放过，他们早就筹划好了各种营销活动，打出诱人的广告，等着尊贵女“上帝”的到来。在这里，要给容易冲动的女同胞们提个醒：你的购物欲该控制控制了。

少花钱多赚钱

关于理财，概括起来就是开源节流，如何少花钱多赚钱。下面的10个小技巧虽然很简单，但是却被很多人忽略，实际上，如果你能充分掌握的话，一定会在理财上跨出很大的一步。

1. 强迫自己储蓄

单身“月光族”都过着“一人吃饱全家不饿”的生活，因此养成了有多少就花多少的习惯，即使工作许多年了，仍然还是零储蓄。从今天开始，选择从户头中每月强迫扣款的方式来存钱，是使日后生活有所保障的好方法。

2. 把零钱存下来

进餐、出行、购物、置衣……钱出钱包的频率相当高，一天下来，你会发现钱包里多了许多零钱，不妨将其悉数取出，专门置放一处，日日如此，一月、一季或半年上银行换成整钱结算一次。此时原本平常不善存钱的你，会惊喜地发现每日存放的、无足轻重的零钱已汇聚成一笔可观的款项。

3. 把花销登记入账

记账是女性理财的通用办法，装个家庭理财软件可以让记账变得非常轻松。你只需把自己的花销分门别类地登记上去，将余额与自己实际所拥有的现金进行核对即可。坚持去做，会对自己的花销了如指掌，如果家中没有电脑，在笔记本上记录也可以。

4. 把钱用在刀刃上

女人热爱名牌，这无可厚非，但疯狂购进名牌的结果，往往陷入入不敷出的窘境。因此面对名牌的诱惑，一定要学会忍耐，将有限的财力用在刀刃上，在打折期购入名牌，不仅可以得偿所愿，而且可以省不少钱。

5. 用现金代替信用卡

信用卡消费总有一种不是花自己的钱的感觉，不知不觉就会超支，所以，宁肯麻烦一点儿，在逛商场之前花点时间到柜员机上取现金，这样即使手里的钱全部花光，心里也清楚自己到底花了多少钱，还可以有效控制自己的购买欲。

6. 用运动来代替“血拼”

工作压力大，心情不好时，女人常会用逛街“血拼”来发泄情绪。不妨试着找些不需花太多钱的方式，如跑步、打球、到山顶上高声呐喊等，来作为减压与调节情绪的方法。

7. 带丈夫一起去购物

在打折旺季，不妨让丈夫做你的“购物顾问”，带丈夫一起去购物。男人更容易在大甩卖面前保持清醒，当你买得太多时，他们可以给你“踩刹车”。

8. 带上所有的打折卡

两人外出消费时，尽可能随身带着所有的消费场所的优惠打折卡。一个月下来，光省下来的折扣费，就是一笔可观的数目哦！

9. 进行合理保险规划

买保险是为了防范人生风险，人生风险多样且无时不在，因此，应综合考虑家庭面对的所有风险来统筹安排保险规划。

10. 购买医疗保险

为提高保障水平，进一步分散家庭财务风险，可以考虑购买一些定额给付型的医疗保险，主要包括重大疾病保险和住院津贴保险。另外，还可在怀孕前购买医疗保险，以享有生育期的保障。

正所谓“人无远虑，必有近忧”，为了防止日后为钱财忧心，现在就做好预算，免得将来为钱财忙得焦头烂额。

投资常识比香奈儿包更值得拥有

现如今的女性在生活中面临越来越多的挑战，对金融知识的需求也有所改变，要如何投资理财以及获得经济上的独立，是每个女性朋友应该重视的，在进行投资之前，你先要考虑自身的条件及投资目的。

年纪较轻又没有家庭负担的女性，可选择风险稍高的投资方式，如期货或二三线股。若年纪较长或家庭负担较重的话，选择较稳健的工具投资比较适合，作蓝筹股投资会是一个合适的选择。

假如投资目的是为将来退休做准备，或为子女教育作资金筹备的话，选择稳健而风险低的工具作为长期投资会比较理想。如只作短期投资，希望短期获利，你可以考虑一些高风险、回报大的投资工具。

在考虑好自身的因素后，我们就应清楚自己的需求，再去市场上寻找一种适合自己的投资方式。一起来看看理财专家为我们设计的最大众化的投资搭配方式吧！

1. 储蓄 35%

从流动性来说，活期储蓄最佳。随着 ATM 和 POS 机的大量出现，活期储蓄存折加借记卡的形式使用起来非常方便。

储蓄收益虽然大幅减少，但作为保本收益，普通家庭仍可以选择。目前，储蓄种类很多，可根据自己的用钱结构进行储蓄投资：

（1）随时想用的钱可以存成活期。

（2）如果有固定收入，特别是工薪阶层，除生活费外，可以把钱存成零存整取。

（3）如有大笔的钱，且暂时不用，可以存本取息，这种储蓄特别适合中老年女性。

（4）对于开支无计划但是有固定收入的女性，可以选择定活两便。

（5）对于有计划目标的家庭应选择三月、半年、一年、二年、三年、五年定期储蓄。

2. 国债 30%

随着免征利息税等优惠措施的推出，目前国债的收益率比定期储蓄要高，国债的兑现也不难，只需到银行储蓄网点办理提前支取即可。凭证式国债有一个缺点，就是不到半年提前支取不计息。国债超过半年后，如果提前支取，不像储蓄一样按活期计算利息，而是按各个档次分段计算利息，但要知道国债提前支取会收取 0.2% 的手续费。

3. 集邮、币市 10%

时下，邮市已走出低谷，而且纪念邮票开始全部实行预订，即纪念邮票不再向社会公开零售。为此邮票市场一定还会呈现出良好势头，但邮市行情起落幅度相当大。币市从禁止非法买卖人民币规定出台后，钱币价格一跌千丈，但有跌便有涨，币市也有一定的回升潜力。

4. 保险 10%

投保未出“险情”时如同储蓄，出了“险情”受益匪浅。虽说保险好处多，但现在它仍不能完全与银行储蓄相比，储蓄可以随时支取，保险则是在保值增值的同时，在发生意外事故后才能给予赔偿，保险不能不保，也不能过量。

5. 股票 5%

股票的流动性很好，基本上可以随时兑现。从收益性来说，股票总体而言收益率较高，但股票市场风云变幻，起伏不定，风险也很大。可以以长期投资的心态少量购买，即使“套牢”，也不会损失太大。

6. 其他 10%

投资品种还有很多，如古董、书画艺术品等，但都有各自的优点与缺点，可以根据自己的爱好，选择自己投资的重点与侧重点。在条件不具备的情况下不要过分勉强。

资产结构合理还必须注意所投资商品的持有时间和目标的完成期限相契合，绝不要以短期的投资工具（如短期债券）来完成长期的理财目标（如养老），也不要以长期的投资工具（如股票）来完成短期的目标（如购买电器）。

财富是累积所得，理财知识也不能一步登天。现代女性应在成功和失败的投资经历中不断总结经验和教训，理智投资，这样，你的财富一定会积累起来的。

正确的投资理念才是你财富的护身符

一直以来，传统的中国女人往往以丈夫为中心，觉得只要看牢丈夫口袋中的钱就可以了，而忽略了自己的荷包。随着社会的发展，女性在收入方面也开始与同等职位的男性不相上下，但在财务独立的同时，却仍然不懂得也没有意识到自己真正的财务需求及理财的重要性。造成这种情况，大概有以下几个原因：

1. 缺乏理财观念

根据统计，美国有 55% 的已婚女人供应一半或一半以上的家庭收入，同时显示女人也越来越有经济能力来为自己规划财务。只是，女人还缺乏财务规划的主动性与习惯，53% 的女人没有定出财务目标并且预先储蓄。有超过六成的女人没有准备退休金，其中有不少女性朋友认为“钱不够”规划退休金的筹措。在中国这种情况也相当普遍，女人觉得“我的目标就是养活自己，其他问题留给另一半去做”。

2. 家财求稳不看收益

受传统观念影响，大多数女性不喜欢冒险，她们的理财渠道多以银行储蓄为主。这种理财方式虽然相对稳妥，但是现在物价上涨的压力较大，存在银行里的钱说不定就会“贬值”。所以在新形势下，女性们应更新观念，转变只求稳定不看收益的传统理财观念，积极寻求既相对稳妥，收益又高的多样化投资渠道，如开放式基金、炒汇、各种债券、集合理财等，以最大限度地增加家庭的理财收益为目的，合理理财。

3. 随大流投资

许多女性在理财和消费上喜欢随大流，常常跟随亲朋好友进行相似的投资理财活动。比如，听别人说参加某某集资收益高，便不顾自己家庭的风险抵御能力而盲目参加，结果造成了家庭资产流失，影响了生活质量和夫妻感情。

4. 会员卡消费打乱开支计划

女人比较感性，当听到会员消费有很多优惠的时候，往往会不切实际地买许多可能用不上的东西。许多情况下用会员卡确实会省钱，但有些时候用会员卡不但不能省钱，还会适得其反。有的商家规定必须消费达到一定金额后才能取得会员资格，如果单单是为了办卡而突击消费的话，就不一定省钱了。

有时商家推出一些所谓“回报会员”的优惠活动，实际上价格也并不一定比其他普通商家低；还有一些美容、减肥的会员卡，以超低价吸引你缴足年费，可事后要么服务打了折扣，要么干脆人去楼空，让你的会员卡变成废卡一张。

女人投资理财的时候更要注意一些会员形式的陷阱。比如，一些所谓会员俱乐部，广告中说有多少名流、财经专家加入。加入这些俱乐部，看似能够学到不少东西，属于一种投资，实际上，能够得到的服务是值得商榷的。

5. 没有钱，所以不理财

传统的观念里，投资理财是需要有很多钱的，没有闲钱还谈什么投资理财！所以，大部分的人会以“我也很想投资理财，但是我没钱！”作为推托之辞。难道投资理财真的要花很多钱吗？当然，如果你是指将投资理财一起运作的话，那的确需要一笔钱。但若是指投资之前的理财就不一样了，因为理财是一阶段、一阶段慢慢来的，不能操之过急，而且“不需要花大钱”，如学会精明消费、学会省钱。

6. 态度保守，心存恐惧

有不少女性不相信自己的能力，态度保守，甚至对投资心存恐惧。有调查显示，一般女性最常使用的投资方式是储蓄存款和保险。从这样的投资习惯可看出女性寻求资金的“安全感”，但是却容易忽略“通货膨胀”这个无形杀手，可能将储蓄的利息吃掉。

7. 为感情交出经济自主权

女人是感情动物，对女人来说，最大的投资是感情，因而有可能得到一生的幸福，也可能感情落空。很多女性常在付出自己情感的同时，也在不自觉地将自己的经济自主权交给男性。一旦情海生变，伤了心不说，还落得一无所有。

其实女性因为具有细心和耐心，在理财方面比男性有先天的优势，关键是要摆脱以上几点，以下3个原则或许能给你一些帮助：

（1）相信自己的能力，关心自己的钱就像关心自己的容颜。

（2）明白自己的需要，拟定理财计划。先静下心来评估一下自己承受风险的能力，了解自己的投资个性，明确写下自己在短、中、长期的阶段性理财目标。

（3）学习理财知识，切忌盲从盲信。许多女性朋友总是觉得投资理财是一件很困难的事，需要的专业知识，自己根本无法操作，因此懒得投入心力。其实要取得投资理财方面的成功，并不需要太专业的经济学知识。现在你投入心力累积的理财知识与经验都将伴随你一生，帮助你建立稳健的财务，累积你的财富。

其实，理财不是男人的专利，女人同样能够把财富打理得很好。

理财依据自身特点，切莫照搬照抄

有句名言是这样说的：“理财永远是一种思维方式，而不是简单的技巧。”对于理财，女性首先要掌握的，是一种态度和理念，理财无法使你一夜致富，其本质在于善用手中一切可运用的资金，满足人生或家庭各阶段的需求。懂得这一点，是我们谈论女性理财的前提。因为这里我们强调的不是如何投资，也不是如何发财致富的问题，提到更多的是，如何克服女性在理财上的盲点和弱点，如何建立女性健康合理的理财观，如何将家庭中的钱用得更加合理的问题。男性与女性的投资理财风格各有千秋。与男性相比，女性明显具有“严谨”“细致”“感性”的特点。这些特点，也决定了女性在理财方面的优势：对家庭的生活开支更为了解，对收入支出的安排上享有优先决策权；投资理财偏向保守，能很好地躲避风险；投资之前，往往会事先征求很多人的意见，三思而后行等。但是，物极必反，如果这些特性发挥到了极致，将会演变成女性理财中的“致命伤”。

1. 依赖思想严重

有些女性把自己的未来寄托于找个有钱老公，平时把财力都用在了穿衣打扮和美容上，却忽视了个人创造、积累财富能力的提高。

据说，这种“月光族”的城市未婚白领还真不少。她们中的不少人还振振有词：“不把自己包装得漂亮一点，怎么能钓到金龟婿，没有金龟婿，怎能有个好未来？单靠自己那几两银子，每个月不吃不喝都买不到半平方的房子，这未来蓝图如何构筑？”

俗话说，伸手要钱，矮人三分。许多女性凡事都依赖丈夫，认为养家糊口是男人天经地义的事情，但长此以往，必然会受制于人。作为女性，应当掌握理财和拥有生存技能，自尊自强，这样才能在持家立业上与丈夫平等对话。

2. 理财求稳定不看收益

许多女性理财仍然受传统观念影响，不喜欢冒险，她们的理财渠道多以银行储蓄为主。

把钱存进银行的理财方式虽然相对稳妥，但是现在物价上涨的压力较大，存在银行里的钱常常“贬值”，追不上物价上涨指数。

所以女性应更新观念，转变只求稳定不看收益的传统理财观念，积极寻求既相对稳妥、收益又高的多样化投资渠道，比如开放式基金、炒汇、各种债券、集合理财等，以最大限度地增加家庭的理财收益。

3. 被会员卡蒙蔽了双眼

现代女性们对各种会员卡、打折卡可谓情有独钟，几乎每人的包里都能掏出一大把各种各样的卡。许多情况下用卡消费确实会省钱，但有些时候用卡不但不能省钱，还会适得其反。有的商家规定必须消费达到一定金额后才能取得会员资格，如果单单是为了办卡而突击消费的话，就不一定省钱了；有时商家推出一些所谓的“回报会员”优惠活动，实际上也并不一定比其他普通商家省钱；还有一些美容、减肥的公司，它们以超低价吸引你缴足年费，可事后要么服务打了折扣，要么干脆人去楼空，让你的会员卡变成废纸一张。小雨是深受会员卡之害中的一位。

小雨是爱美一族，但是她是属于会过日子的女人，买菜购衣，样样精打细算，几乎所有的伙伴都视她为理财榜样。她有一个特点，喜欢买会员卡。那天，她听说做一次头发要 200 元，而每月做一次，一年 12 次还送 12 次按摩才要 1500 元，她就买了一张卡。有一天，她去了一家档次非常高的美容店，那里的香薰按摩非常到位，每次 500 元，如每周一次，一个月 4 次就要 2000 元，一张年卡才 10000 元，于是她喜滋滋地买了张回去。在吃饭的时候得意地跟老公汇报说，为他省了 14000 元，差点把老公气得噎住。

4. 被人牵着鼻子走

在生活中，有许多女性在理财和消费上喜欢随大流，常常跟随亲朋好友进行相似的投资理财。如，听别人说参加某某项目收益高，便不顾自己家庭的风险抵御能力而盲目参加，结果造成了家庭资产流失，影响了生活质量和夫妻感情；有的女性见别人都给孩子买钢琴或让孩子参加某某高价培训，于是不看孩子是否具备潜质或是否爱好，便盲目效仿，结果最终收效甚微，花了冤枉钱。

面对这么多的理财“致命伤”，女性朋友们似乎应当从现在开始为自己或为家庭做做理财功课了，以下是为女性朋友提供几个克服理财“致命伤”的观念和方法。

（1）要了解自己及家庭现有的财务经济状况，认清自己处在哪一个人生阶段，有哪些理财需求。如通过记账，对自己的收入水平、支出的可控范围做具体分析；了解就职公司提供的健康医疗、福利制度的细节，判断自己未来养老、医疗上的保障情况；明确自己所处的人生阶段，认清自己真正的财务需求。

（2）要对自己及家庭进行财务风险的评估。你可以选择到理财师那里，通过客观专业的风险测试来了解自己的风险偏好，也可以结合自己的年龄、家庭、资产、投资经验为自己划定风险系数。

（3）要明确风险底线。女性缺乏安全感，在理财的过程中又容易受他人影响，这时最好的办法，就是给自己一个风险底线，让自己对风险有一个基本的心理准备：当遇见不利时自己愿意接受的蚀本的程度是多少？明确了这个目标，在出现风险时就可以做出果断的决策。

理财是个系统的过程，它是对个人专业知识和心理素质的双重考验，仅仅依靠直觉注定要失败的，女性朋友需要利用业余时间学习理财的知识，了解相关的技巧，必要时可添置小型财务软件，以及上网学习模拟投资。在平时，多留意财经消息，多听专家意见，同时还要学着判断资讯及他人意见，结合自己的情况做取舍。

第五章

喝最烈的酒，爱最爱的人

懂得爱，大胆爱

作为女人，自然喜欢吸引风度翩翩的男人的注意。但是风度翩翩的男子，虽然具有男子的魅力，却很可能是一个保守而又内向的人，也很可能因为你不曾与他见过而怯场，虽然他想认识你，但因为顾虑重重，所以保持沉默。生活中经常会出现这样的情况：

一对本来可以相识、相恋的男女，因各自的心理作祟，或者在一个清风习习的早晨，或者在一个月儿朦胧的夜晚，擦肩而过了。这样固然有一种神秘的美丽，但终究没有收获和拥有，是不是感到有一些遗憾？甚至是终身的遗憾？

如果他们不擦肩而过，如果他们擦肩而过后，双双回首，给对方一个信号，那么是不是会发生一段动人的爱情故事？所以爱，除了心灵的感应与感觉外，还有行动的表示。不论是爱或者被爱，都是一件很幸福的事，可幸福不是等来的，它需要努力，需要创造。爱，需要勇敢地表白。很多男人在表达爱意时，比女人更胆怯，所以，女人们应该学会鼓励那个自己心中也暗暗喜欢的男人。当你遇到一位自己喜欢的男孩，在什么都没有开始时，你要是以为“他不一定喜欢我”，那么你可能会失去选择的机会。

还有的女孩刚开始就想：“如果被拒绝了，那该怎么办？”或者“他态度很冷淡，我如何是好？”其实大可不必存在这些顾虑，如果每个人都这么想：“如果被拒绝，我该怎么办？”那么，你永远也得不到一份真爱！

很明显，问题并不在于会不会被拒绝，而在于克服这种自卑不安的想法。假如你很想与自己喜欢的男孩约会，你可能会在电话机旁呆坐半天，拿起电话想拨号却又放下了，就这样反反复复，犹豫不定。

事实上，只要你勇敢地拨一次电话，事情就会完全解决，你也就从此摆脱了那种焦急如焚的心境。即使遭到拒绝，也没有什么大不了的。你只要保持轻松、宽容的心情就会感到焦虑不安是多余的，因为你做了一件值得做也应该做的事情。

情场如战场，勇敢地迈出第一步，主动一点，往往就会赢得爱人的心。下面一些技巧不妨试试。

1. 记住对方的资料

在男女交往中，免不了互相介绍，这时候你一定要全神贯注，一定要记住他的名字，否则会让他觉得你过于高傲或心不在焉，就可能对你敬而远之。除了对方的名字，他的职业、籍贯、电话号码、兴趣爱好和饮食口味等，都要牢记在心。在适当的时候，不经意地让他知道你对他的小细节记得很清楚，他便会开始留意你。

2. 不露声色地展示自己

中国人普遍都有着含而不露的性格特征，男性都喜欢含蓄、内向型的女性，开放型的女性虽然可以朋友遍天下，但在绝大多数男性心目中，她们容易走近却不容易走进，只可为友却不可为妻。假如你觉得自己没有足够的能力改变他的这种观念，却又无法割舍对他的感情，不妨投其所好，让他眼睛一亮，发出由衷的惊叹：原来她是这样优秀！

3. 与其他异性交往要把握分寸

事实证明，一个被若干异性爱慕着的女性比落落寡合的女性魅力大得多。只要使用得当，你所钟情的男子会出于对其他异性的嫉妒而对你产生兴趣，但最好是点到为止，“欲擒故纵”不失为一种好办法，但要记住物极必反，你如果过于讨人喜欢，而且来者不拒的话，那么你的形象将会大打折扣。

4. 要做一个“变形金刚”

太阳每天都是新的，人也是一种喜新厌旧的动物，当你心仪的男人仍对你无动于衷的时候，不要着急，冷静思考一下，是不是自己哪些地方落伍了？也许在忙忙碌碌的生活中你放弃了自我完善。你不妨时时改变自己，让他每次见到你都有一种全新的感觉。譬如，改一下打扮，换一下发式……当然，最根本的还是精神面貌的改变，注意万变不离其宗，需要改变的是你的弱点，而不是优点，盲目地改变不如不改。

5. 学会鼓励那个自己暗暗喜欢的男人

有人做过一个这样的小测试，如果遇到一个你极满意的异性，你是否会主动搭讪建立联系？答“会”的女人为 55.7%，而男人们竟比女人还低 5.7 个百分点。

不主动与那个自己喜欢的异性联系，有 24.3% 的女人和 28.5% 的男人是因为认为这样做有违自己的行事准则，23% 的女人和 21.3% 的男人是因为担心受到冷遇，20.4% 的女人和 14.3% 的男人怕被笑话。因为缺乏勇气而不与自己喜欢的异性搭讪的男人为 49.9%，女人为 30.8%。可见男人在表达爱意时，比女人更胆怯，女人们应该学会鼓励那个自己心中暗暗喜欢的男人。

如果你能够掌握以上方法，并灵活运用，相信你心仪的男人一定会来到你身边！

低质量的恋爱不如高质量的独处

恋爱中的女人常常为了一份心跳的感觉而忽视很多生活细节，即使偶尔感觉到了一些不妥也会以种种理由为对方开脱，终于有一天发现这个让自己倾心付出的男人并不是真爱自己。其实，女人是敏感的，一个男人是不是付出真爱，完全可以通过一些生活中的细节看出来，关键是你不能被爱情控制。

如果你被爱情迷花了眼，结果很可能就是悲剧了。

曹辉是个计算机硕士，从小就钟情于邻居家的一个男孩子，决心非他不嫁。后来男孩全家移民到美国，曹辉也追到美国，就在他家附近的学校攻读硕士学位，但男孩并没有继续读书，而是在某家公司上班，曹辉硕士毕业后，两人就结婚了。

这个男人一向好赌又好酒，这是曹辉早就知道的，但她就是爱这个人，觉得只要不太过分就好，而且她想结婚之后，他应该多少会收敛一点，不会再那么荒唐了。

结果婚后不到一年，曹辉发现几乎每天晚上她老公都要喝酒，而且喝得很多；每个周末还要约朋友来家里打牌，一打就是通宵，而且连打两天，她忙着招呼这群人真的很累，夫妻间也几乎也没有独处的时间。

怎么办呢？这是她爱的男人，不知道如果没有他，自己的生命还有什么意思。而这个男人也告诉曹辉，他没什么嗜好，就是喜欢喝酒打牌，如果不让他做自己喜欢的事，他会非常不快乐。曹辉从此作了一个决定，放弃自己想要营造的理想婚姻生活，放弃自己的爱好，开始学习陪老公喝酒，学习打牌，加入他们的方城之战，这是唯一可以和他先生快乐相处的方式。既然丈夫无法陪曹辉去做她喜欢的事，像听音乐、逛画廊，她至少可以陪他吃喝玩乐和赌博。

几年下来，曹辉由一个清纯的简单女人，变成整天烟不离唇、酒不离手，可以和人大谈赌经，生活中不再有音乐和艺术的家庭主妇，工作也早已抛在一边。

最后，这对夫妻决定分居，曹辉作出这个决定后又仰头灌下一杯酒——这是现在的她麻醉自己的最好方法。

曹辉就是因为当时被爱情迷花了眼，最后只有自食其果。

女人们，请重新找回自己对生命、对爱情的掌握权，千万别被爱情迷花了眼，在选如意郎君时，多注意平时生活中的细节。

1. 通过物质检验这个男人对你的重视度

谈过恋爱的女孩或许有这样的经历，那就是男人对让自己倾心的人极度慷慨，哪怕兜里只剩下一元钱，也会想着怎样用这一元钱为爱人添点儿什么。那么，对方舍不舍得为你花钱，从某种程度上讲，未尝不是一个即时可见的检验标准。

当然，这个人所能为你付出的金额多少还要视他的经济状况而定。倘若是一个一无所有的穷小子，他能把唯一的外套脱下来为你挡风寒，也是一份诚挚的心意；反过来，若是一个千万富翁，即使给了你 50 万，也不见得是真心爱你，顶多当你是件昂贵的花瓶罢了。

总而言之，爱人就是即使只剩下一个馒头，也会先让给你吃的那个人。

2. 是否能够接受你不美的一面

生活中难免有很多无法保持优美姿态的时候，倘若你爱的那个人不能想象，更不能接受你这样俗不可耐与常人无异的姿态，无论这个人有多么优秀你都应该毫不犹豫地离开。因为你不能把生活变成舞台，就是这么简单。

3. 是否愿意和你共同承担琐碎的生活细节

人要活下去，就必须得穿衣吃饭，就脱不了那最俗气的每天开门七件事——柴米油盐酱醋茶，生活就是由这些琐碎的细节组成的。

如果那个说着爱你的人始终不肯和你共同承担这些生活细节，如买菜，交电话费、水电费等；在你有事需要帮助时，他又没有什么实在脱不开身的工作要做，却让你一个人去苦恼，这样的人不要也罢。因为他在很大程度上只是想找一个不花钱的保姆，并不是真的爱你爱到非要与你共度一生的程度。

婚姻是要“对号入座”的。没有哪个女人愿意拿自己的婚姻开玩笑，也没有哪个女人愿意把自己托付给一个不可信赖的男人。在进入围城之前，女人要擦亮眼睛，看清男人，否则，等到再回首后悔嫁错郎时，为时已晚。

纵然分隔两地，我也一生等你

恋爱的两个人，天各一方，相隔千里，时空阻隔了恋人的音容笑貌，很长时间两人都不能相见，其痛苦程度可想而知。那种牵肠挂肚、愁思万缕的情绪，挥之不去，斩之复来，真可谓“抽刀断水水更流，举杯消愁愁更愁”。异地恋，不知给多少女人带来了痛苦和煎熬。很多女人在异地恋的长跑中最终败下阵来。

有对恋人从高中时就开始恋爱，高考结束后，女孩考上了北京的一所大学，而她男友则去了另外一座城市。他们只有在放假回家的时候才能见上一面，两人最初都坚守着这份感情。每天晚上，女孩的男友都会打来电话，他们一聊就是一个多钟头，有时都到熄灯时间了，他们还不肯放下电话。同宿舍的女生们都十分羡慕她，认为他们会有一个美好的结局。可是到了大二快结束的时候，这个女孩每天都早出晚归的，脸上开始洋溢着从不曾见过的甜蜜微笑。又过了几天，就发现她的身边总有一个男孩，她向室友们介绍说这是她的新男友。室友们都觉得疑惑，她和前一个男友的感情那么好，怎么会突然分手了呢？后来，跟她要好的一个室友了解到，原来她跟前一个男友恋爱的时候并不快乐，她的心情，更多的时候是被一种相思和寂寞之情所笼罩，那种强烈相思却不能厮守的感觉是十分痛苦的。她煎熬了两年再也受不了了，于是，她选择放弃这段虚无缥缈的情感。

在我们身边，也有很多因为现实的种种阻隔分离两地的情侣，在最后非常无奈地选择了分手，这给恋爱双方带来的情感和心灵的伤害无疑是很大的。《亲爱的你怎么不在我身边》这首歌表达了人们对异地之恋的疑虑和彷徨。现代网络的发达，使许多人通过聊天来结交朋友，并期待能在网络中寻找到浪漫而完美的爱情。网友地域的广泛性，使异地恋情的可能性大大增加，而空间的阻隔给爱情带来的压力，也同样使许多情侣面临着严峻的考验。

如果你想坚守一段异地恋，必须具备比常人更强的承受能力，还要对爱情有勇气有信心，异地恋要比普通恋情更艰辛和缠绵。如果抱此生非对方莫属的信念就一定要坚持到底，“两情若是长久时，又岂在朝朝暮暮”的说辞虽然很老套，但绝对有用，一定要时常拿出来作为对彼此的鼓励。结识一两个闺中密友，时常把异地恋的苦闷和欣喜与她们分享一下，丰富精神生活。

异地恋情能否守得云开见月明，胜利盼到“解放”团聚的那一天，关键在于以下几个方面你是否能做到：

信任：相信对方的真心及行为准则就像相信你自己不会背离对方一样。

坚定意志：目前的生活状况已经决定不能双栖双飞，不要羡慕别人卿卿我我的亲密状，如不小心与这些如胶似漆的恋人一起出游，别的不想，想想他们吵架的时候；不要理会旁边人的游说，如果她（他）告诉你谁欲追求你谁喜欢上你，你要提高警惕，切记别受诱惑。

将时间安排满：思念虽美丽但也无比忧伤，漫长的寂寞需要自己一个人去仔细品尝，空余时间多看书，少逛街，免得出行时不幸瞧见别人手挽手——触景生愁。

时时联络：电话卡备好，这是必需的“亲密接触”卡，时时来点新花样，除了电子邮件还有书信及偶尔托邮局寄出有趣的小礼物。

创造一起工作的条件：与相爱的人厮守在一起，才会更接近幸福。

保护好自己的身体：身体是本钱，在生病时特别容易挂念对方而心生戚戚，所以要照顾好自己，预防感冒及其他疾病。

一辈子太长，别将就去爱

很多女人，也许都曾经爱上过这样一个男人，他有和偶像剧男主角一样多的优点：阳光、俊朗、多情、幽默……可是，当我们带着无穷无尽的幸福幻想坠入爱河时，才发现，原来，他和偶像剧里的男主角还有那么多的不一样——他霸道、蛮横、任性、自私……

一瞬间，所有的美梦都变成气泡，尽数破灭，残酷的现实使我们躲在角落里暗自神伤：这样一个“缺点男友”，是该“改造”还是“放弃”呢？有必要继续爱下去吗？

其实，“缺点男友”也可以变成“好男人”，关键是，作为女主角的你，要如何施展自己的小小手段，将他改造。如果真的无法改造，再离弃也是一种选择。

小雨和男友是大学同学，男友内敛沉稳，是慢性子，而小雨则心直口快是个急性子。小雨看中的就是男友的踏实、稳重，所以男友追求她没多久，他们就在一起了。谈恋爱后，小雨才发现男友身上有太多让她不满意的地方。男友很不爱干净，并且做事很拖拉，有时约好了7点去看电影，他7点半才慢悠悠地走来。为了这个，她不知和男友吵过多少次，可每次吵完没多久男友又依然如故。好几次，小雨都想放弃。可是，除了这些，男友别的方面都很好，对她也很细心，什么事都依着她。

所以小雨相信，如果两个人真心相爱，是会为对方改变的。于是，她想到了“男友改造计划”。不是说温柔是对男人最厉害的武器吗？于是，每次当他约会迟到的时候，她就撒着娇说已经等他很久了，并且一个人站在等候的地方很害怕……还有每次男友拖延手头的工作的时候，她也极尽温柔地提醒他。慢慢地，经过小雨的细心改造，男友也被她的急性子感染了，做什么事也不像以前那样拖拉了，以前不爱干净的毛病也在她的“调教”下改变了。

从小雨改造男友的经验，我们可以看出，要想改造男友，切记要有耐心，有分寸，以柔克刚，缓慢渗透，对他的小进步要及时鼓励，对他的大自尊要小心维护，好男人是可以改造出来的。

当然，在现实生活中，也有些男人，他们天生游手好闲，或是多情种子……这些缺点，你没有足够的本事是难以改造成功的，如果不是非他不嫁，劝你还是早点“撤退”为好。

小婧爱过一个男孩，表面看来，他什么都好。于是，小婧与他过起了双宿双飞的同居生活。

没想到，同居之后，小婧才发现，这个男人真的是什么都好，只有一点大大的不好：他酗酒。虽然没到那种每次都喝醉、撒酒疯，甚至乱打人的地步，但每顿饭前先喝上两三杯，一顿饭吃上两个小时的情况时有发生，令生活比较规律的小婧烦恼不已。有一次，他在外面应酬，喝醉了，醉倒在楼道里，害得小婧在家里苦等到凌晨，打遍他朋友的电话也没找到人，最后不得已出门去找，才在楼梯口发现香甜地打着鼾的他。那件事，他足足哄了3天，才劝回小婧分手的心。可是，下一次，什么时候重演，小婧没有信心，他自己，恐怕也没有。

几经反复，最后，两个人还是分手了。每次说起他，小婧都遗憾地说："要是他不喝酒，该有多好啊！"

其实，酗酒、抽烟、赌博、网游甚至是毒品，都可能成为一颗在原本美好的感情中埋下的定时炸弹。小婧的男朋友对酒的沉迷，就像很多人对赌博和烟的沉迷一样，是畸形而且不正常的。这些不良爱好形成的根本原因，还是自己没有很强的自我控制能力，或者根本就没有想过要去控制。

遇上这样的男友，要是没有改造的可能，最好还是早点放弃。

理想男人的关键词

问一个没有什么恋爱经验的女人，她的理想伴侣要有什么条件，你会发现，她们可以开出各式各样的条件，比如，温柔、体贴、有责任感、爱我、孝顺、有钱、有男子气概，或没有不良嗜好、可以养家糊口、学历好、身材高大，有的还希望要有很好的职业：医生、律师，也有人喜欢军人……

谈过恋爱或是踏入婚姻的人都知道，这些条件再好，一对佳偶还是可能在"年久失修"后变成一对怨偶；当时爱得死去活来，过不了几年，可能就恨得水火不容。

温柔体贴可能只是一时的假象。有责任感的人可能要求你更有责任感，他总会觉得他所负的责任比你的责任沉重而且重要得多；有男子气概的人，可能生性暴躁；有钱归有钱，你可能用不到……

由此可以看出，以上都不是理想伴侣的必要条件，那么什么样的男人才算是理想伴侣呢？

1. 懂得尊重女人的男人

一个女人，找到一个尊重她的男人，那么不管在何时何地，他懂得考虑你的感受，以你的幸福为前提，这样的男人才能给你安全感，因为尊重，所以信任。

首先，他必须是一个不重男轻女的人，还必须是一个把你和他自己放在同一个天平的人。他应该认为，你比他重要，懂得尊重你的人生目标，以及生活乐趣，你快乐，他就会开心；他开心，不能造成你不快乐。

有些女人以为大男人主义者可以提供一个安全的羽翼，可以保护自己，其实会保护女人的男人，不该与大男子主义混淆。大男子主义是指一个会重男轻女的男人。如果他重男轻女，一定会在热恋时期过后，恢复本性，作任何决定都忘记把你考虑进去。一个懂得尊重别人的人，至少是一个思路清楚的人，这个时代讲沟通，要做到良性沟通，必须找个思路清楚的人，才可能把问题解决。

没有了尊重，一切的理想条件，都只是壁画、雕饰、泥土、砖块和水管，如果缺乏支撑屋顶的梁木，爱情便脆弱得不堪一击，更别提遮风挡雨。若你真的想要试验他对你的爱，老实说，问他爱不爱你，不如问他有关生男生女的问题，这样更能够了解他是不是你的理想对象，你在不在他眼里，他会不会尊重你。一个好爱人的基本品性，是尊重对方。

2. 事业和家庭处理得好的男人

男人绝对不能没有事业心，但如果他的事业心太重，他用在家庭和你身上的心思就会很少，你要他陪你逛街，他说没意思；你要他陪你看电影，他说没时间。他事业取得了成功，你也跟着风光，那是别人看到的，别人看不到的是漫漫时光里你的寂寞。太醉心于事业的男人，大多有指挥他人（包括女人）的欲望。和太有事业心的男人相处，最大的伤害是精神方面。另外“有事业心”的男人大多因为过度劳累，身体既处于综合素质发展的巅峰状态，也面临最不稳定最脆弱的状态，一些疾病稍有机会就乘虚而入。

3. 和你人生观一致的男人

人生观也是婚姻中重要的因素。

如果你生来淡泊人生，只想有三两知己、一本好书，那你也得有一个和你持同样人生哲学、可以欣赏你的人共度一生。有两对夫妇，一对奉行享乐主义，对所有的娱乐和旅游项目都积极参与；而另一对是谨慎的节约主义者，为防老，为育子，就是不开车还要考虑是地铁省钱还是大巴省钱。两对夫妇各得其乐，日子过得都很甜蜜，假如换过来……后果不堪设想。

所以，你是什么人都没关系，重要的是得找一个和你在人生理念上一致的人。千万别找错了人，要知道，你在一个人眼中的优点也许就是另一个人眼中不能接受的恶行。

4. 诚实但不太迂腐的男人

大凡迂腐男人都有太多的清规戒律，你若爱得深了，他会使你哀怨；你若爱得浅了，两人倒可以“浅”在一处，只是，这样的爱情不是生涩就是了无生趣。另外，本分男人一走进办公室开始工作，就像一台已投入硬币的游戏机，短时间内超能量地发挥着，如果这台游戏机突然停止了，那么一定是一枚叫懦弱的硬币错投了进去。

胆小、怕事、躲在墙角的男人只会招来领导和同事们的不满，就算给予一些同情，但也绝不会有人再为他投入硬币。女子对迂腐的男人，虽放一百二十个心，但会觉得他小家子气，而女人大多喜欢男人为生活增添更多激情的方式。虽然女人确实希望每件事都按程序走，生活安定而且舒适，但女人也愿意偶尔“激情”一下。

5. 你能在他面前表现真实自我的男人

在理想的爱人面前：你能牙不刷，脸不洗；你能把脚放在桌上；你能放声大哭；你能大放厥词，说希望那个总是给你穿小鞋的上司生场恶疾，你好取而代之……

总之，一切美好的和丑陋的，你都敢在对方面前不加掩饰、真实地表现出来，那么，这样的男人是值得你和他过一辈子的人。

睁大你的眼睛

“男怕入错行，女怕嫁错郎”，那么，在选择终身相依的伴侣时，有哪些男人是不能嫁的呢？

1. 懦弱的男人

这种男人永远也拿不出半点勇气去保护你，别人也因此看不起他。与他相处一段时间，你会由失望渐渐变成绝望，最后会加入瞧不起他的行列中。所以选择终身伴侣时，要仔细留心他是否是一个懦弱的人，以免伤害你对爱情的信心。

2. 过分追求事业成功的男人

有事业有地位的男人最受女性青睐，但若过分看重名利，尤其是出身贫寒却一心想出人头地的男人，他们往往会牺牲感情，而选择那些能在金钱、权势、能力等方面助他们一臂之力的女性。这种男人择偶是有条件的，不是真正可患难与共的伴侣。

3. 有大男子主义倾向的男人

这种男人喜欢呼呼喝喝，一副对女人有多不在乎，“大丈夫何患无妻”的样子。这种人若是表面如此，而你也爱他，可以迁就维护一下他的大男人尊严。但若骨子里真是如此，那么不爱也罢。

4. 有严重恋母情结的男人

这类男人在心理上可说是跟母亲的脐带仍然未断，长大成人后凡事仍然依赖母亲。他们在母亲的溺爱下长大，顺利时也能勇往直前，一旦陷入困境，就立即显出缺乏真正独立意志的弱点，耐力全无，以致全线崩溃。

5. 极端重视精神食粮的男人

对享受物质文明怀着轻蔑、嘲笑态度的男子，有很多女性正是为此点“不凡”而委身相嫁。但是，结婚后所要面临的开门七件事，却让你和你的夫婿不能再在嘲笑中打发过去。因为肉体之躯，岂能只呼吸空气便永葆生机。所以，选择前先擦亮自己的眼睛仔细瞧瞧，才不会使自己成为那“无米之炊”的巧妇！

6. 志大才疏的男人

这类男人自命不凡，好高骛远，而又没有实际才干。常常夸夸其谈，自我炫耀，有了一点成绩就沾沾自喜，到处吹嘘。本质上缺乏稳重的气质，显得轻浮急躁，使他人对他缺乏信任感。这类男人终生不会有大出息。

7. 占有欲太强的男人

这类男人视女人为自己的占有物，不尊重妻子的人格，妻子与异性稍有接触便会暴跳如雷，猜疑心甚重。久而久之，令人难以忍受。

8. 心理阴暗的男人

这类男人说话假仁假义，外人看去并不觉得他有多大不妥，但实质上为人残忍，不宽容，为达目的，可以使用卑劣手段而不以为耻。与这类人共同生活，会感到生活阴森可怕，危机四伏，心中蒙上阴影，终生无法抹去。

9. 嗜酒好赌的男人

沉迷于酒精和赌博而不能自拔的男人，证明他缺乏自制能力，缺乏理智，易为他人或环境摆布。他们对妻子自然缺少温存，在做他们喜欢的事时，会全然忘记妻子的存在。这类男人易怒，好胜，爱用强制手段支配他人。做这种人的妻子，不但感受不到爱，而且还会受辱，令人难过。

10. 油腔滑调的男人

这样的男人用甜言蜜语恭维每一个女性，令人浑身起鸡皮疙瘩，感觉不到一丝诚意。然而不少女孩就喜欢这一套，被灌得迷迷糊糊还沾沾自喜。这种人平时以礼相待，当作朋友还可以，切不可对他们的话太认真。

11. 天生情种的男人

这样的男人当初给你的是无限的惊喜和甜蜜的浪漫，但他是天生的情种，只要是朵花，不管是鲜花还是野花，只要是蝶，不管是美丽带毒的还是飞不动的，他都要去采，都要去捉，这是天性，不管他当初是如何的许诺，也不管他现在是如何每天在你耳边念叨着那句千年不变的动人之语，都不能改变他的天性。因此，在你能抽身时，尽管果断地躲闪，就算你再怎么相信自己的魅力，在这样的男人身上注定失败。

现代女性经济独立，嫁人早已不再是为寻求“终生饭票”，但正是由于社会的进步和女性心理上的解放，使更多的女性对生活品质和情感生活有了更高的追求，因而嫁得对不对，显得更为重要。一旦看走眼，所嫁非人，纵然回头是岸，也难免浪费青春、空耗感情。与其将来后悔，不如现在拿出鉴定珠宝的细心、责任心以及选择服装的耐心和挑剔程度来个沙里淘金。

爱究竟是独角戏，还是合奏曲

经常会听到身边的时尚女性说：找一个爱我的人做丈夫，找一个我爱的人做情人。这种观点有一个显而易见的前提，那就是爱我的人和我爱的人不是同一个人。

生活中也有很多女性抱怨：为什么我爱的人不爱我，而我又无法爱上爱我的人。尽管现实残酷，我们为什么不能理想一点，希望可以寻觅到一个我爱的也爱我的人；我们为什么不能积极一点，行动起来，让爱我的人与我爱的人合而为一，就是让自己爱上爱我的人，让我爱上的人爱上我。说来说去，以上无论是理想的想法，还是积极的行动，可能都无法摆脱造化弄人的厄运，无法改变现实中我爱的人不是爱我的人的情况。

小叶和男朋友在一起三年多了，他经常对她说的一句话就是："我拿你没办法。"他的意思是他不可能会不爱她。他的这句话，和他对她的好，让小叶十分感动。小叶也非常珍惜男朋友对她的爱，他们终于决定了婚期。可最近，小叶在一次外出旅行中遇到一个人，她才知道，原来"对我好"和"我喜欢"完全不一样。

喜欢一个人，没有道理，身不由己，她就像是一个睡着的人，突然被水晶棒点醒，睁开眼一看，原来爱一个人这样美妙啊！

认识了他，小叶才发现自己也会心疼人，也会体贴。

小叶过要跟男朋友分手，可她实在于心不忍。错过了他，她可能再也遇不到对她这么好的人了。小叶的妈妈很生气，说她不知足，说结婚就是要找一个对她好的人。可她姐姐说，世事难料，谁能保证男朋友会一辈子对自己好，万一他中途变心呢，她可就惨了。而找一个自己喜欢的人结婚，才会悉心经营婚姻，才能让婚姻幸福长久。小叶犹豫地徘徊在两个人之间。

其实，徘徊就意味着我们并没有真正爱上任何一个人。爱情是一门学问，之所以可贵，就在于它和其他的功课大不相同。人一生中，几乎所有的功课靠自己的努力，就可以追求到某种程度的进步，唯独爱情不同，它必须是两个人同时付出，而且努力的程度，最好能够并驾齐驱，不要有太大的落差，否则就不容易感觉幸福。

婚姻，是终身大事，没有人能胁迫当事人在仅有的两个不合适的对象中，作出二选一的决定。如果那位交往多年的男友，无法激起她愿意为爱付出的热情、勇气与智慧，很显然，他也不是真正适合她的人。

无法改变外在环境的时候，是不是就应该试着去改变一下自己的想法和做法？是不是我们对爱情的要求太高，才会让我爱的人和爱我的人分离？那么，到底什么才是真爱，没有人能说得清楚，但有一点是肯定的，那就是并不是所有的人都能得到真爱。

希望越大，失望也会越大。那么，我们何不索性降低一点儿对爱情的期望，顺其自然，勿要强求。

是不是因为我们无法得到某个人，才会觉得自己最爱的是他呢？如果是这种原因造成了我爱和爱我不能统一的话，那么，适宜的做法应该是尽量放下从前的感情，如果条件允许，应该改变一下自己的环境，比如，换个工作、换个城市发展，打开心扉，在新的环境里开始一份新的感情。

如果，你期望找到一个又爱你，你也爱的人，就不要受到那些消极观点的暗示，自然从容地去找寻自己心目中的真爱。

结婚对象，不是选择一个好的，而是要选择一个适合自己的。你在作决定之前，不妨先问自己几个问题：

（1）我是不是一个喜新厌旧的人？是不是交往久了，习惯对方的付出，就变得理所当然，忘了珍惜、感恩，忘了互动、回馈？

（2）我是不是一个不愿意沟通的人？虽然对方愿意付出，但他给的，却不是我想要的，所以我才渐渐失去了感动？

（3）我是不是一个自私自利的人？有人对我好，我都觉得是应该的，当我偶尔对别人付出时，就觉得自己牺牲了很多？

（4）我是不是一个斤斤计较的人？当我在付出与回馈之间，寻找不到适当的平衡点时，就会想到要放弃？

诚然，选择适合的对象，确实很重要，但比这个更重要的是，了解自己究竟是个什么样的人；内心真正需要的，究竟是什么。认识自己，才知道自己适合什么，面对选择时，才不会三心二意。放弃不适合的选项时，才不会觉得可惜。

激情过后理性跟上，短暂的激情不代表可以永远，无论是爱你的人还是你爱的人都要通过时间的验证！

取走眼中的那粒沙，谈一场有格局的恋爱

女人的认识往往受到过去经验、社会传闻以及在此基础上形成的社会心理结构的影响和干扰。选择恋爱对象也是一样，社会评价、他人的选择标准、从传闻中获取的爱情知识和对方信息都会严重影响女人的眼光。在不能正确对待并且不能排除干扰的情况下，许多女人心里就会存在一些常见的选择偏见。

1. 社会刻板印象

常常听到有些女人宣布自己“非北京（上海）人不嫁”之类的择偶要求。这些女人找丈夫时，对职业、阶层、地域有相当严格的甚至顽固的要求。对某些职业或阶层的人一概拒之门外，而对另一些职业或阶层的人则举双手欢迎。从心理学上说，这样的女人深受社会刻板印象的影响。

在角色认知中，人们对每一角色都有一些固定的、一般的看法和评价，社会刻板印象就是人们对某种角色或某种类型的人的一些顽固而统一的看法和评价。比如，认为南方人比北方人狡猾和灵活，大学生比较自信、高傲和浪漫等，这些都属于社会刻板

印象。

社会刻板印象是表面的、一般的、笼统的，尽管反映了一定的现实事实，但对于个体来说，则是不具体、不全面的，往往不合乎个人的现实状况。尤其是当社会角色内容变化之后，如果还死守已有的刻板印象，那就会产生偏见。

在选择对象时，有很多女人凭刻板印象办事。有人曾给一个女孩介绍对象，她一听到对方是位中学教师，就表示不同意。她说，教师的生活单调、清苦，办事没有优越感。这纯粹是陈旧的社会刻板印象。随着社会爱科学、学科学、用科学和尊重知识、尊重人才风气的形成和发展，教师的角色内容发生了根本变化。那位被介绍的中学教师，恰恰是一位兴趣广泛、才华横溢、颇受学生尊敬的“现代型青年”，并不是人们所想象的“夫子”。那个女孩抱持陈腐的刻板印象不放，是对自己不利的。

选择对象还可能受到其他刻板印象的干扰，如地域、家庭等因素。有的人明确提出某族男子不嫁，某种家庭中的人不予考虑。

同时，从刻板印象出发也会夸大某人的优点或者加给某人一些没有的优点，以致有的人误入情网。社会上一些女子拼命追求男大学生，其实，有一些男大学生并没有多高尚的思想修养，也谈不上真才实学，只不过徒有虚名而已。

为了摆脱这些刻板印象，人们必须深入生活实际去了解、观察、发现对方的特点，在实际交往中去感受、体会对方的思想情感，切忌以某种旧有的思维模式衡量他人。

2. 第一印象

有些女人可能会根据同别人见面时，第一眼看到对方的形象和风度，或第一次与对方谈话留下的印象的好坏来判断对男人的评价，而对男人的评价又决定着择偶的方向。如果对方给自己的第一印象不错，比如长相好、有气派、有风度等，那这个男人很可能成为“候选人”；相反，如果第一印象很差，那就会马上“刹车”。

第一印象之所以能有如此大的威力，与人们过分地相信感官而不太信任理智有关。社会心理学的研究表明，在认知中人们特别重视那些由亲身实践得来的信息，尤其是相信对感官有刺激性的信息。身材长相、外表风度、言谈举止、态度性情等最容易造成第一印象。好的长相和风度往往给人良好的印象；举止端庄大方，待人礼貌热情最容易使人产生好感；言谈慷慨动听往往使人产生崇拜和羡慕之情。男子往往被姑娘美好的身段、甜美的容貌、优雅的举止所吸引；女子则容易折服于风度翩翩、言辞侃侃的男子。

第一印象，仅仅只是表面印象，它模糊人的视线，不能全面、深入、真实地反映被认知者的本质。女人们切不可凭印象办事，更不能凭直观决定婚姻大事。因为美貌非凡的人并不一定具有慈善心肠，品德高尚的人不一定举止优雅，有些其貌不扬者可能有丰富的内心世界。

3. 先入为主的印象

女人在选择对象时，往往受先入为主的印象的影响，尤其是通过“红娘”牵线的恋人。因为“红娘”会在两人见面之前吹嘘一番，留下彼此的好印象，激发两人相会的愿望。这样，双方都有了关于对方的先入为主的印象。

有的女人因为对某男子有过不好的先入印象，就不想同对方见面，或见面之后，只注意到其弱点而失去兴趣；相反，有的女人则因为事先有比较好的先入印象，在两人接触和交往中，就带着有色眼镜看人，只注意对方的优点和长处，而忽略其弱点和缺陷。因此，先入印象的好坏直接影响女人对男性认知、交往的可能与效果。

没有主见的女人容易受先入印象的影响，因为她们容易接受、相信社会舆论和受他人影响。有一个女人听到朋友们经常议论一位男青年。人们对他的赞赏，使她产生了爱慕之情，就贸然去求爱，并闪电式地与其结婚了。可是婚后她发现自己的丈夫只有在他人面前才表现出色，在其他场合则不然，思想品德不良，不勤劳，还很粗暴和武断。此时，她才深深体会到自己上当了。这说明不能仅仅凭先入印象决定婚姻大事。

因此，女人在选择对象时，一定要深入实际进行观察和了解。特别是要在与对方直接交往中认识对方，而不能偏信人言，人云亦云。要把自己的实地考察结果和直接交往的体会与别人的意见相结合。

“男才女貌”是封建社会中“门当户对”的婚姻标准。在当今社会中，女人应该选择志同道合、情意相投的男人作为你的终身伴侣，千万不要让“偏见”左右你的选择。

第六章

掌控婚姻，身段要软方法要硬

好婚姻就是，对自己自律，对对方尊重

谈到婚姻，男人说："幸福的婚姻有一个共同点，妻子都特别'好'。"女人不同意："那男人呢？"男人又说："好男人是靠培养的，所以有'好女人是一所学校'这句话。"的确，因为女人聪明，女人心细，女人在家庭中占的分量更重，婚姻便成了一支以女人为主的交谊舞，舞跳得好不好，很大程度上取决于女人怎么带。

要成就幸福的婚姻，成为男人眼中的好妻子，下列的"戒条"你最好别犯。

1. 稚气未泯

常常撒娇，要丈夫千依百顺，稍有不如意，便大吵大闹，跑回娘家。照顾这种小女人型的妻子要花很大的力气，她们不成熟、任性，根本成不了丈夫的贤内助。

2. 不体贴

对丈夫的起居完全没有心思去照顾。丈夫下班后，只听到妻子唠叨不休地诉说自己的烦恼。这种妻子既不了解丈夫的需要，也难以做到"持家有方"。

3. 自顾玩乐

这种妻子讨厌家务，一有空便溜之大吉，你可以在社区中心、慈善机构、银行的外币存款部或麻将桌上找到她们，却很难看到她们安于家室。

本来多参与外界活动，能开阔胸襟，有益身心，但若为此而疏忽家庭，则是本末倒置了。

4. 毁谤丈夫

常常在别人面前贬损自己的丈夫，说他没出息、赚钱少之类。这些话对丈夫的尊严有极大的影响。既已结成夫妇，便应荣辱与共，不能在外人面前说自己丈夫的不是。

5. 虚荣

虚荣的妻子，一旦把握家庭经济大权，便会花很多钱去打扮自己，买漂亮的衣服，频频置换家具。要应付这种妻子，丈夫必须努力工作，甚至以不法手段去赚取更多的金钱以满足妻子的虚荣。

6. 出轨

夫妻之间的爱，绝对容不下第三者，若你因为感情过分脆弱，受不住诱惑而有出轨的行为，请仔细想一想，是否你和丈夫的情感出了问题，到底你爱的是谁？假若丈夫仍是你的最爱，你便应该下决心与第三者分手，切莫拖泥带水，令事情更加复杂。

其实，除了以上的“戒条”，要成为好妻子，最主要的是要做好以下几方面：

（1）好妻子总是拿自己丈夫的长处与别的男人比，越比越欣慰，越比越幸福，越比越爱自己的丈夫。

（2）好妻子把丈夫的事业也视为自己的事业而鼎力相助。因为她知道，山水相依。

（3）好妻子看准时机提醒丈夫疏忽了的大事。

（4）好妻子在公开场合总是赞美丈夫，尽管在枕边她严厉地指责过丈夫的错误。

（5）好妻子批评丈夫总是持谨慎态度，她常常在丈夫思想压力最小的时候，说出自己的批评意见，因为她深知，在这个时候批评丈夫效果最好。

（6）好妻子从来不做家庭将军，当丈夫的事业不顺利或经济拮据时，总是安慰他，为他分忧解愁。

（7）好妻子能够帮助丈夫做一个好爸爸，使丈夫和孩子们共享天伦之乐。

（8）好妻子总让家里非常整洁，让丈夫始终能在舒适的环境中生活，因为她知道家是抵御外界干扰的屏障。

（9）好妻子无论在家还是在外都非常注重自身的衣着打扮和体态仪表，给丈夫以美的享受。

（10）好妻子发现丈夫不高兴时，想方设法使他高兴起来，让家庭始终充满欢乐。

男人被尊重，真的能“上树”

当度过了自己的热恋阶段，男女双方迈入了婚姻的殿堂。此时的女人为人妻为人母，在小日子里充当着比男人更重要的角色。在家庭中可以掌握经济大权，女人说了算，在男人的眼里已经是习以为常。但是无论女人掌握多大的经济权利，在大众面前也一定要给足自己男人面子。

一个女人给足男人面子，可以激发他们的更多潜力，对自己更有信心，从而做得更好。有句话说得好：男人的一半是女人。因此，女人要给足男人面子，以促使他们积极向上。

现今的社会，女人早已不依附于男人而生存，这已经让有些男人心理失衡，如果再不给男人面子，家庭生活必定会矛盾重重。倒不是说男人的心态不好，几千年来造成的问题不是一朝一夕就能烟消云散的，女人不是过去那种唯唯诺诺的女人，女人可以自闯一片天。面子问题，也就随之产生了。

男人在外打拼，劳累、委屈他都可以不在乎，但他不能失去男人的尊严。确实，只要不违背原则，女人暂时委屈一下，给男人一点面子又何妨呢？常言说：量大福大。大度的女人也令男人加倍地尊重。

但是，在现实生活中，有些妻子并不了解男人的这种心理，有时候，自觉不自觉地把在家里的威风也拿到家外，当众显示自己对丈夫的管束权威，自鸣得意。这样做便会出现两种结果：一是，如果丈夫当众听命于妻子，丈夫就会感到很狼狈，威信扫地，使他们成为公众场合中被人戏弄的对象，这自然有损于他们的交际形象。二是，如果丈夫不满她的指使，作出反抗的表示，又难免出现矛盾，甚至成为家庭矛盾的导火索。总之，不管哪一种情况，结果都是不好的。产生上述后果都与妻子在公众场合不注意给丈夫面子有关。

聪明的妻子是绝不会这样做的。聪明的妻子们懂得把握这种分寸。女性朋友不妨把以下几条作为参考：

1. 适当时候不妨示弱

有一位先生开了一家餐馆，生意兴隆，一日餐厅打烊又遇妻子河东狮吼。该先生情急之下逃至桌下，恰好客人返回来寻找遗落的东西，正好撞上，进退两难甚感尴尬。这时八面玲珑的妻子急中生智拍了拍桌子：“我说抬，你要扛，正好来帮手了，下次再用你的神力吧！”该先生顺坡下驴直夸夫人想得周到，一场面子危机轻松得到化解。

2. 给他面子

小桦和丈夫结婚已有 8 年，夫妻感情依然你浓我浓。她的秘诀是：给老公最大的面子。在她卧室的墙上有一个字条，上面是她制定的“家规”：第一条，历史证明老公永远正确，一切事情都由他做主；第二条，万一他不对，仍参照第一条执行。后来老公在感动之余又添了一条：夫人享有总裁决权。

3. 待他不妨谦和些

当我们希望得到既定的结果时，一定要为对方的接受程度考虑。比如，他在刷过牙后总忘记把牙膏盖盖上，你就多说几句“请记得盖上”，而不要向他频频甩出“不要、不准”之类的词语，那样他一定会恼羞成怒。

4. 聪明的女人内外有别

不管你在家里把老公当作电饭煲还是当作吸尘器，一旦涉及他的面子问题时，一定要小心谨慎，就像手捧一件古老、珍贵的瓷器。给他足够的面子，才能获得“高额回报”。

5. 不妨陪他一起流泪

其实男人很累，睁开眼便是各种责任和义务，他们不敢承认自己也有非常脆弱、需要关怀的时候。在他志得意满时，请给予他足够的欣赏；当他遭遇了不公和挫折时，不妨陪他一起流泪。然后尽快忘却，旧事不提。

6. 聪明的女人多练心

记住，不是操心是练心，如果你想给足男人面子，还是要多多练心。你的修养，你的谈吐，你的风韵，你的容颜，你的智慧，你的笑容，都是帮衬男人面子的重要组成部分。要不然只有玉树临风，没有佳人相伴，那面子最外层的金边该怎么贴呢？

总之，妻子给丈夫一点面子，这样做不论对维护丈夫的交际形象和他的工作形象，还是对家庭的和睦，都是有益的。

一切很美，我们一起向前

男人比女人更需要自己的事业，他们总是围绕是否能成功这个主题来选择一切，女人最终是围绕家庭这个主题，这是男女之间本质上的区别。

一旦家庭崩溃，女人的精神也随之崩溃了。男人却不是，他们能非常潇洒地走一回。男人在事业上的失败，才是他的致命伤。所以有才华、想在事业上有所成就的女性，又不想失去丈夫，唯一的途径是：与丈夫一起成功。

一起成功谈何容易，首先你会失去一些东西，因为你忙于事业会使你丈夫不满意，会使孩子受冷落等。可是千万不能放弃目标，现在失去一点，以后会获得更多的回报。

张辉和丈夫孙清是在学校组织的一次歌舞会上认识的，当时彼此就留下了深刻的印象。他们是同乡，年龄相仿，又在同一所高校就读，不知不觉就走到了一起。两人毕业以后，都回到了家乡，而后喜结连理。

婚后的日子充满了浓情蜜意，孙清的事业也发展得如日中天。孙清回到家乡工作不长时间，就因为英语口语及读写能力等优势，被调到外贸公司的外宣办负责二期项目的开发和鉴定。第一年孙清大功告成，接下来的几次“战役”，孙清都“打了漂亮仗”。

一次又一次的成功，激发了孙清更强烈的事业心。一天晚上，他悄悄地对妻子说："我想自己办一个公司，外贸方面的情况我都已充分了解。"张辉对丈夫的想法表示了赞同，但她同时向丈夫表示自己不会放弃令自己着迷的职业，她要寻求一种自由独立的生活。孙清表示理解，并强调自己绝不会勉强她。

随后，孙清拿出了他近一年的收入，但这些钱并不够，他们又东拼西凑了一些钱，终于使公司正式挂牌营业。

这以后，孙清开始了自己艰难的创业历程，没日没夜地四处奔忙，有时急得嘴上直起泡，张辉看在眼里，疼在心里，但她却始终坚持着自己的信念。孙清也从未开口要求妻子的帮助，他遵守了他许下的诺言，可是，他却与妻子日渐疏远，好多苦闷，好多生意上的选择，他都无法向妻子倾诉，无法与妻子商讨。

张辉感觉到了家中压抑的气氛与丈夫痛苦的隐忍。经过多日的苦思，发现自己在坚守信念方面有些僵化古板，她推崇自由独立，可是这并不代表完全不过问丈夫的事业。自由独立与帮助丈夫创业之间并不矛盾啊！她为什么会死钻这个牛角尖呢？如果所爱的人不快乐，自己的独立又有何意义呢！

张辉最终下定决心，从单位出来，和丈夫并肩奋斗，这令孙清欣喜万分。

孙清和张辉分工明确，孙清是经理，张辉是会计兼秘书。孙清去谈项目，张辉去签合同收款，两人每次配合都很默契。第一年他们就净赚了近百万元，第二年就翻了一番。两年后，他们被一家德国公司看中，成为其所属子公司，并同时在全国几个大中城市设立了办事处。

初创业的那段时间，孙清和张辉把孩子放在父母那里看管，两人就住在办公室。虽然整天都很累很忙碌，但是很充实很开心，每天都有希望，都有收获。六年来，孙清和张辉携手创业，在商场上摸爬滚打，生意越做越大，公司由原来的一个发展至多个，项目也由原来的单一化趋向多元化发展。这么多年张辉一直都是孙清的军师，两人共同创业，赢得了爱情、事业双丰收。

从张辉和孙清的事例中我们可以看出，女人在经营家庭的同时，也可以和丈夫携手共创事业，两人具备可以互相弥补、互为补充的专长，对事业的发展来说至关重要，它可以使共事的夫妻相辅相成，使事业做起来更得心应手，最终赢得事业、爱情的双丰收。

“相爱并不是双目对视，应该是朝同一方向投视。”这句话是对有抱负的夫妻最好的忠告。一个妻子所能协助丈夫的，便是帮助丈夫找出他对生命的渴求是什么，然后和丈夫亲密合作，一起奋斗，实现理想。

闭上一只眼睛看幸福

婚姻中的女人要有一颗平常的心，学会善待丈夫，同样也要善待自己。这就需要女人学会宽容。

宽容是修养、是品德、是内涵、是心态。在宽容面前，争吵和计较大可不必，即使你有理，也不妨温柔一些，因为有朝一日说不定你也会犯一些不可挽回的错误。在宽容面前，赌气和嫉妒都是不好的习惯，不能善待别人的长处和短处，你将会养成让别人难以亲近和忍受的坏脾气。在宽容面前，过激最值得商榷，除非你不打算继续交往。否则，还不如学会宽容。高山因为承受着土石树木，才变得雄伟；大海正是容纳了百川，才显得辽阔。要记住这副对联："大肚能容，容天下难容之事；开口便笑，笑天下可笑之人。"如果对任何不顺心的事情都能一笑了之，生活中不开心的事就会减少。记住：任何事情退一步都是海阔天空。

当然，妻子对丈夫宽容的同时，也要正确评估自我，目光要放长远些，不要太狭隘。

那么，女人如何在面对丈夫时保持宽容呢？

（1）能够用心听丈夫夸夸其谈是一种宽容。丈夫在妻子面前吹嘘，往往是一种缺乏自信的表现。妻子如果不能倾听丈夫，丈夫的自信心就难以建立。

（2）能够允许丈夫沉迷一些没有意义的小事是一种宽容。比如，拿打火机拆来拆去；比如，夜以继日地打电脑游戏。丈夫通过这些癖好来得到心理缓冲。允许本身可能是更好的一种关切和督促。

（3）能够让丈夫和朋友们消磨时光是一种宽容。因丈夫需要朋友。

（4）能够让丈夫和其他女人交往是一种宽容。男人天生喜欢寻找和欣赏异性身上的美，但并不是所有的男人都见一个爱一个。事实上，有好的欣赏力的男人，多半会很爱妻子。

（5）在丈夫不思进取时保持适当的沉默是一种宽容。很少男人的一生中能够永远一往无前。大多数男人总会有周期性情绪波动和行为上的调整。鞭打快牛的结果往往适得其反，男人并不总是需要激励的。

（6）能够保持充分的生活调节能力是一种宽容。反哺不是男人的本能，男人常常通过给女人买东西来表示情爱，实际上是他找不到更好的方式，更受不了整天关切女人的生活状态。

男人在如此宽容之下，会张牙舞爪、得志猖狂吗？那也未必。因为男人一般都不会得寸进尺，来自女人的适度宽容往往是他最好的动力，不领情的男人自然有，但那是少数。正常的男人会好好地珍惜来自女人的宽容，因为女人的宽容对男人来说是一种实实在在、时时刻刻的需要。

总的来说，对一个女人，没有宽容的思想和精神就难以造就伟大的人格；对社会来说，宽容是一种文明和进步。而在婚姻生活中，一个宽容的女人必定会给男人以鼓励。同时，女人也应注意，适度的宽容能使婚姻基础更稳固，而过度的宽容可能把婚姻推入另一个危险的深渊。

先一个人活色生香，再两个人相得益彰

职业女性大多要面对一个两难的局面：重视事业还是家庭？有些女人形容这种情况是“蜡烛两头燃”，夸张吗？并不。职场竞争无所不在，在企业中“升职”是职业发展的唯一道路。要升职就意味着更多的工作时间，更多的竞争，还有身心健康的受损。但是，即使对事业没有很大的野心，希望平淡和稳定的女性也常常发现同事之间的竞争、企业的激励和淘汰制度让她们不敢稍作停息。

只有成功的职业发展与温馨的家庭生活二者兼得，生活才算真正美满。要鱼和熊掌兼得，掌握平衡是要领，但是寻求平衡需要一个过程。作为职业女性，无法企及一种一成不变的平衡状态，而是需要持之以恒地努力维持平衡。

李涛和妻子张乐都有着强烈的事业心，正因如此，两人才会彼此倾慕并最终走到了一起。婚后，两人各忙各的事情，生活平淡而实际。

李涛是事业单位职员，非常善于运用科学的管理方式管理行政事务，并且成效显著，很快便脱颖而出，被提拔为副处长。张乐在大学毕业后留校任教，为了提高自身的学历，在学术上有所作为，她下苦功夫考取了学校第一批硕士研究生。夫妻俩的事业红红火火，蒸蒸日上。

不久，省里决定在现有的机关人员中选拔一批优秀人才到贫困地区扶贫，李涛顺应时代需要，第一个报了名，并终于如愿以偿地到附近某贫困县当了一名主抓科技的副县长。一年后，由于他在科技扶贫方面成绩显著，在县行政换届选举中，他以绝对优势被选任县长。随后，李涛率领全县人民用不到两年的时间不仅摘除了该县的贫困帽子，而且使其跻身全国“百强县”。

在工作中，李涛时常会感觉到自己对家庭温暖的需要和渴望，但同时事业的成功又冲淡了这种孤独、寂寞之感。

在学校继续任教的张乐则更是一头扎进书海里，进行课题攻关。她把儿子送到公婆身边，并充分利用丈夫孩子都不在身边的良好学习环境，不断地做实验、搞研究，后来干脆搬到实验室，吃住全在里面。功夫不负有心人，在导师的指导下，她的研究成果获得了省科技进步一等奖。

寒假将至，李涛回来与妻子商量，要她利用寒假和他一起去县里辅导县中学的教师，但张乐舍不得离开自己的实验，拒绝了丈夫，结果他们大吵一架，不欢而散。李涛愤愤地走了，带着满心的寂寞与伤害，直到春节也没有回来。除夕夜，张乐没有回那冷清的家，一个人待在实验室里，感到了凄凉孤独。

经历了这次纷争，夫妻俩开始反思这一段婚姻历程，虽然他们的事业在不断地升温，但他们婚姻生活的温度却已接近了零点。在为事业拼搏的时候，同样是需要支撑、关怀和温暖的，同样要为家庭的建设做出自己的努力，但他们却都忽略了这一点。

李涛为了自己的政治前途，几乎忘记了家庭的存在，特别是调离当地之后。而张乐为了自己的学业，甚至把儿子也狠心地送走了。他们的家庭生活，几乎是一片空白。他们两个人几乎没有在一起的时间，他们的家庭在他们的心目中的分量远比事业轻得多。想通了这一点，他们都感到震惊，他们为家庭付出的竟然如此之少，太惭愧了。

张乐开始尝试在紧张的学业之余，特别是利用节假日前往李涛所在的县城探望丈夫，并且给他做上几顿可口的饭菜。闲暇时，她会同丈夫一道散步游览，领略县城街头的风景，与丈夫谈谈别后的感受。接回儿子，共享天伦，有时，三口之家会寻找一个风景胜地，出去旅游一番。从此，夫妻之间，父子之间，母子之间，都多了一些问候，多了一些关心，多了一些欢聚的快乐，更多了一些温馨甜蜜的回忆。

从以上的事例中我们可以看出，事实上，当事业和家庭发生冲突时，只要多费一些心思，少计一点得失，在事业和家庭之中，总会找到一个平衡点。

谁说全职妈妈和职业女性是一对敌人

女人，特别是职业女性，要做一个好妻子、好妈妈，还要保住得来不易的工作，真不容易。许多过了30岁还未当妈妈的职业女性正在为“什么时候要孩子”和“如何带孩子”而焦虑。她们都有令人羡慕的工作，有很好的教育背景。

这些白领女性想生育而不敢，主要是基于自身职业的考虑。由于这部分职业女性有着较好的工作、较优厚的待遇，同时也伴随着工作上激烈的竞争，担心一旦生小孩，就必须休产假，还要照顾家庭和小孩，这样就有可能失去原有的工作，更严重的还有可能导致失业。

所以，在她们的内心，并不是不想早点要孩子，而是不敢要。之所以目前不敢生小孩，其主要原因是面对生存的压力，而影响职业女性生育观的深层次原因，是心理的落差使她们觉得自己生活得还不够好，现在要孩子不现实。

此外，也有部分职业女性认为生孩子太辛苦，养育孩子更辛苦，怕孩子受罪。还有部分白领女性认为将来的社会竞争要比现在更加激烈，只有奋力拼搏才能争到一席之地。

鱼和熊掌真的不能兼得吗？其实并非绝对，尤其是都市白领女性，多花一点心思，少计一点得失，即便不是鱼与熊掌得兼，在孩子与事业之间，总能找到一个平衡点。

职业女性有了孩子后，还要注意不要因工作忙碌忽略了孩子的心理健康和生理健康问题。

工作与照顾孩子之间并不矛盾。现代生活的快节奏与人们心里的躁动不安，以及各种复杂的社会和生活问题，使人们很难安心与孩子们在一起。也许我们真的有无数事情要做，但这并不意味我们在工作与照顾孩子之间必须作出选择。

下面有一些指导准则，能让那些既有职业又想要孩子的女性感觉轻松些。不过，统计虽然表明现在照顾孩子的女性比男性多得多，但这些指导准则对那些既要工作又要照管孩子的父亲也一样适用。要记住，性格形成时期——从出生到 5 ~ 6 岁，对于孩子一生的心理健康和智力发展是最为重要的。

1. 返回工作的时间

从婴儿期到 1 岁半，孩子们的心里逐渐形成了对父母的信任和安全感，这很可能影响在他们的一生中他们对待别人的态度。虽然在专业文献中强调儿童保健的质量甚于数量，但是我们认为一个新生婴儿，在出生后的头几个月里，需要有足够的时间和父母在一起。如果你和你的配偶在孩子出生后不久就必须返回工作岗位，希望你们能够尽量安排时间和孩子在一起。

2. 作出工作或照顾孩子的选择

直到今天，女性们仍不得不在孩子与工作或是孩子与事业之间作出选择。那些在孩子出生后 6 ~ 8 个月内，不愿牺牲掉工作时间与孩子在一起的女性，最理想的情况是：任何一个遇到这种情况的女性都应该非常有信心，相信自己一切步入轨道后，又能回到工作岗位。如果你犹豫不决，不敢走这一步，那么试试和离开工作岗位又回去的女性们谈谈。

如果你决定不能离开工作岗位太久，那么最重要的就是尽可能为孩子安排最好的儿童保育。如果你决定在孩子出生后不久就回去工作，那么你要明白，这是个极重要的决定，因此，让丈夫和你共同分担责任是绝对必要的。

3. 指导你的丈夫

如果你是承担抚养孩子主要责任的女性，让你的丈夫和你共同分担是很重要的。如果可能的话，要让他安排好工作日程的“闲暇时间”，以便帮助你照顾孩子。因为，这不仅关系到妻子的幸福，同时对保持丈夫的心理平衡以及与孩子之间的联系都是大有益处的。不过，许多丈夫仍需要帮助，也许男人和女性在其他一切家务事上都一样能胜任，但就照顾孩子来说，女性需要伸出援助之手。

4. 儿童保育的途径

不管孩子由谁照顾，最重要的是，有固定的人或地方。这就是说，要让同样一个人在同一个地方照顾，并且保持固定的时间。也许要想查明谁可能提供最好的托儿服务要花很大力气，但是，如果你在回去工作之前就能做好安排，就会好得多。

5. 有关理家的一些事情

一旦家里有个婴儿，你很快就会发现，主要的家事与孩子的需要相比，都微不足道了。如果可能的话，在孩子出生之前，就把整修房间、打扫壁橱、整理地下室等事做好。

6. 为你自己寻找一些时间

不管有多少事要做，只要你愿意并且安排好，你总能为你自己找些时间。当一个“超级好妈妈”或“超级好爸爸”并不能得到任何证书，如果你能得到休息并且充实自我，你更能针对孩子的需要进行妥善照顾并且帮助他们。

总之，作为职业女性，要找到宝宝和“饭碗”之间的平衡点，就不能计较太多、要求太多，如果你觉得做经理比做母亲感觉更好，那自然无可厚非。否则的话，无论有多忙，给自己机会做一个完整、完美的女人吧！

牺牲是一种疯狂行为

几年前，为了孩子放弃事业做全职妈妈多半会被人斥为“没出息”，但现在这种做法已经被越来越多的都市白领所理解和接纳。

一位月薪6000元的白领，她向一位专家咨询：“是放弃工作一心一意回家相夫教子，还是请个保姆，自己工作？”

专家问她为什么要回归家庭，她说：“没有了工作的压力，一心一意照顾宝宝，系统学习早期教育、哺育宝宝的知识，做到科学育儿，同时也减轻了丈夫的负担，使丈夫在外安心工作。”“既然道理这样充分，又为什么犹豫？”专家问。她想了半天才说：“我怕失去自我，在家里是一种相对静止的状态，在人才竞争的今天，停下来就意味着后退。当我又和朋友相聚在一起，再没有时尚的话题，缺乏新知识的沟通，在朋友的优越感中我怕失落，这很可怕。”

是否做个全职的妈妈这是个人的选择。时代的进步，经济的发展，为个人的选择提供了广阔的空间，你是否做个全职妈妈，最重要的是给自己定位，要明确自己到底要什么，你是否具备了做全职妈妈的条件，你是否具备了抗风险的意识。

小亚从怀孕起就辞了工作，她说，孩子 3 岁以前，妈妈的第一事业就是孩子。

应该由自己来养育孩子，这是她和丈夫的共识，也是他们的共同目标。所以小亚在工作 8 年后辞职做全职妈妈，在为人父母的同时，学习如何尽责，学习和一个新的个体相处。她认为做一个全职妈妈应该要具备三个条件：勇气、热情和水平。

小亚不希望把小孩交给老人或者保姆抚养，这样做可能自己比较轻松，但她认为作为一个母亲来说，就失去和孩子一起体验成长经历的机会了，会很遗憾。如今，一直能与孩子一起成长，与他从小建立“亲密关系”，同他玩乐，在身旁督促，及时提醒、纠正一些不恰当的行为，小亚很满足。虽然这是件辛苦事，但对小亚来说，同时也是件快乐的事。对他们夫妇而言，再丰富的生活，也比不上孩子唯一的一次成长过程重要。

该不该像小亚一样做个全职妈妈？一般说来，做全职妈妈必须具备以下条件：

（1）具有稳固和比较宽裕的家庭经济基础。你必须考虑好，有了宝宝会使消费激增，如果家中缺少了一个人的收入来源，你们的生活水平能不能保证不会下降？你们是否提前准备好了一笔钱以避免出现窘迫的情况？

（2）具备比较强的抗风险意识。退回家庭最大的风险，首先是你投入太多，将来恐怕也会失落。孩子 3 岁以后上了幼儿园，便开始有了自己的圈子，然后进入小学、中学、大学，甚至出国留学，直到成家，和你在一起的时间会越来越少。由于你付出的太多，总会把孩子的世界看成自己的世界，孩子的一切就是你的一切，在关照孩子的过程中，你可能忘记了自己。在静止的状态中，在对孩子成长的关注中，自己可能会“生锈”。当孩子长大了，发现已和妈妈无话可说，或者你望子成龙心很强烈，但长大的孩子并不优秀，而且，在妈妈百般的呵护下，孩子依赖性很强，丧失了独立性，这种风险最为可怕。

爱是一种充满风险的付出，如果在你爱孩子的同时，没有忘记爱自己，就基本具备了抗风险的意识。

（3）具有重新工作的能力。退回家庭后，你对社会的接触要相对减少，当今社会职场竞争十分激烈，最好要有比较坚实的工作基础，否则以后重新工作也易被拒绝。

做全职妈妈还需要一个重要的支持——一个好丈夫，这个“好”不单单指经济上，还指他的观念，能不能给妻子一种安全感。全职妈妈没有收入，和丈夫经济上的关系改变了，但仍然是平等的。在做全职妈妈之前，夫妻两个人一定要把这个问题协商清楚，全职妈妈虽然没有收入，却在完成一份对家庭有意义的工作，是她的付出让这个家庭真正很好地运转起来，让孩子得到最好的呵护。妈妈也是非常辛苦的，她的工作也是值得尊重的。

万事俱备后，如何才能成功地做个全职妈妈呢？首先你要保持良好心态，合理地安排时间，有选择地参加一些亲朋好友的聚会或社区活动。其次可以通过阅读报刊了解社会发展，不放弃专业知识的学习，通过互联网及时掌握专业最新动态。另外，还可以参加一些早教机构组织的亲子活动，与其他母亲进行交流，学到新知识。后期在准备参加工作时，还要注意克服心理障碍。

多元化的价值观为女性提供了多样化的选择，可以自主选择自己喜欢的方式。不管你选择什么，都能够赢得社会的掌声，因为每个妈妈都不仅是在对家庭负责，更是对社会负责。

不要轻言“离婚”

夫妻之间发生了激烈的矛盾或很深的误会，导致感情不和，于是就有一方提出离婚。离婚自由是婚姻自由不可分割的组成部分。保障离婚自由，既是婚姻法赋予夫妻双方的正当权利，也是婚姻家庭道德的重要内容。但是离婚毕竟意味着一个家庭的解体，是一个极其复杂的社会问题，对男女双方都是一件大事，绝不能轻率。

如同绝不能把“恋爱自由”等同于随心所欲地恋爱一样，也不能把“离婚自由”理解成随心所欲地离婚。马克思说：“离婚仅仅是对下面这一事实的确定：某一婚姻已经死亡，它的存在仅仅是一种外表和骗局。”这种已经死亡的婚姻，再勉强维持下去，对双方乃至子女及家庭的其他成员，都是一种不幸，没有感情的婚姻确实是一种痛苦的折磨。为了结束这种家庭的悲剧，只能让其解体。但是，在婚姻还能挽救的条件下，夫妻双方应该相互忍让，有了矛盾及时解决，而不能轻率地把“离婚”二字说出口。

小琳和丈夫小华就是轻率离婚的。晚上小琳和朋友聚会回家迟了，敲了好久门小华才起来开门。小琳问：“为什么不开门？”

小华说：“睡着了没听见，真的。”这一夜两人谁也再没说话，小琳好像感觉到小华对她有点不像以前那样热情了，心中闷闷不乐。

第二天，小琳把昨晚的事对女友说了。女友一听，说：“你还蒙在鼓里呀，这是他不高兴你回家迟了，故意不开门给你颜色看的。哼，你要是不杀一杀他的威风，日后有你受的！”

小琳觉得女友说的话有道理。几天后，小华在单位加班回来晚了，小琳也把房门插上，小华回来时敲门没人应，便用拳头砸门，小琳这才开了门。小华质问：“为什么不开门？”她说：“睡着了没听见。”小华看她没有睡意，说她是故意的。两人吵了一会儿，熄了灯，又是一晚的不愉快。

小华的同学生日请他去喝酒，小华闷闷不乐，同学问他为什么心烦，他就把和妻子吵架的事说了。同学一听就给他出主意。

其他同学也你一句他一句地帮腔，说男人绝不能做女人的奴隶。

小华喝酒回来，一进房就往床上一躺，喊小琳帮他脱鞋。小琳见他喝醉了，给他把鞋袜脱下来。小华又说想喝茶，让小琳给他泡一杯，小琳又泡了茶。小华又让她帮自己洗脚。

小琳一听，心想：一定是小华装醉来整治我，出那晚不开门的气。于是，她赌气地抱起枕头进了小客房，“砰”一声甩上门再也没出来。小琳的女友得知小华装醉要她洗脚时，吃惊地说：“小琳，你不是奴隶，干吗要你帮他洗脚？这样的男人也太不像话了，干脆和他离婚！”这一夜，小琳就住在女友家了，打电话和小华说了离婚的事，女友在旁边直用手语给她提示当参谋，态度十分坚决。恰好小华的同学来他家，小华挂了电话后，同学鼓动他说：“离，她说离就离，不然，以后你还有什么面子！”第二天，小琳就回家和小华写了离婚协议，当天就办了手续。当他们拿着离婚证书在街上碰到各自的女友和同学时，女友和同学都大吃一惊说：“啊，我是要你用离婚来威胁他（她）的，谁叫你真的离啦？”

一个好端端的家庭就这样说散就散了。其实他们大可不必用离婚来解决问题的。

一个家庭的解体，不仅关系到两个人，也给子女造成了心理创伤，给老人及其他亲属带来了忧虑和不安，给社会带来了一系列的问题，是不容忽视的，其中给子女带来的不幸，更是值得引起重视。国外有一位社会学家这样说：“在这种离婚案中，男女主角可能都说不上是什么受害者，最可怜的倒是那些不幸被卷入这场‘买卖’的下一代。”我们千万不能抱着幸福主义的天真观点，仅仅只看到两个人，而忘记了家庭的离散所造成的后果。

所以，凡是可以不解体的家庭，我们都主张通过调节，尽可能地弥合。倘若原来夫妻关系尚好，只是在一些枝节问题上意见不一致，或者一方脾气不太好，常常为小事情发生激烈的争吵，一时影响了感情，一方在一气之下提出了离婚，这时，另一方千万要冷静，切不可感情冲动，导致了感情的裂痕。只要不属于道德败坏，屡教不改，而是偶然失足，并有悔改之意，就应通过严肃的批评，晓以利害，促其认真吸取教训，做好团结和解工作，不一定非走离婚这条路。

当然，感情的弥合也是一个痛苦多于喜悦的过程，但这一时的痛苦，有可能换来多方面的长久喜悦，何不为此做出努力呢？

婚姻不仅是感情的沟通，更是一种责任，婚姻中的女人们，请好好经营你们的感情，经营你们的家庭，在婚姻未走上“绝路”之前，不要轻言“离婚”二字。

一纸离婚协议，唤醒了一个好姑娘

许多人认为离婚女性的生活状态一定是疲于奔命，疏于打理，就算是闲时，也必是独抱浓愁无好梦，但是实际上有很多女性，把离婚当作事业开始的契机，用自己的双手和智慧撑起整个天空，她们和普通女性一样拥有幸福和温暖，拥有丰富的感情生活，她们拥有了一个独立的自我世界。

1. 单身母亲成就事业

与丈夫在日本离婚后，林女士曾让国内的母亲和姐姐来日本帮她带孩子，但母亲和姐姐总用心疼的目光、隐隐的叹息，再三提醒她目前单身的现实，逼迫她承认上帝对她的不公。于是不到3个月，林女士就让她姐姐和母亲回了国，一个人照顾孩子，真正成为一个独立的母亲。“说不辛苦，那实在太虚伪，但是辛苦所换回来的是更多的快乐和满足。有一点我可以肯定地回答，离开了男人，我生活得比以前更加充实。”

林女士在国内时曾是机关工作人员，除了英语比较好以外，她从来没有发现过自己有什么优势。来日本后，她也一直是打零工，上午在一家超市，下午是意大利餐厅，生活得忙碌而贫苦……“总以为自己也就这样一辈子了！”林女士说，“但离婚后，我不得不面对现实生活，打零工只能让孩子生活在贫困线以下，于是我开始专职地工作。”由于林女士的英语和日语都不错，她很快找到了一家贸易公司。工作两年后，又和朋友一起成立了现在的公司。“开始的时候，很苦！孩子一直生病，工作又忙得脱不开身。我也犹豫过是否该打退堂鼓，索性把孩子推给他父亲，但孩子已经成为我生活的支柱，我只有坚持。”在公司也有一个日本的单身母亲，在林女士最困难的时候对她说：“加油！孩子是看你的身影长大的，你这样努力，孩子长大后也会是一个努力的人。”于是林女士坚持了下来，不到一年的时间，她就在公司里独当一面。“我以前不知道自己还有这样的能力。或许是当了单身母亲后，我必须面对真正的自己，也必须勤奋地去寻找自己的位置。”不少华人单身母亲都是事业有成，有些母亲还上了日本杂志，成为女强人的代表，她们几乎都笑着对记者说：“并不是我成功的事业造成了我单身母亲的角色，而是我身为单身母亲后，生活成就了我的事业。”

2. 离婚后登上了世界富人榜

2003 年 6 月 21 日，是《哈利·波特 5》英文版全球发行的日子。

在停顿了两年后，“魔法妈妈”J.K. 罗琳再施“妙手”，面市 24 小时内卖掉 500 万本；而在全球，她的科幻小说至少卖掉了 2.3 亿本。为此，她被西班牙文学院授予最高奖“阿斯图里亚斯王子奖”；而且，罗琳还被认为是成功开启世界儿童读书兴趣的作家。

在 2003 年 4 月底公布的最新英国富人榜排名中，罗琳的财富居然超过了英国女王伊丽莎白二世。她的财富总额为 2.8 亿英镑，名列英国富人榜第 122 名。而女王的财富为 2.5 亿英镑，排在英国富人榜的第 133 名。

落魄时候的坚忍反而是最强大的。J.K. 罗琳被前夫从家里赶出来，在大街上前夫打了她一个耳光，她带着四个月大的孩子逃离葡萄牙……就在她最落魄的时候，也没有忘了带上《哈利·波特》的手稿。回到英国，悲惨的日子一天天过着，房间没有暖气，她就到尼科尔森咖啡馆，坐在二楼，一手摇着婴儿车里的女儿让她入睡，一手写作。显然，把写作进行到底变成了一件不得不见缝插针的事：她必须抓紧女儿睡觉时的每分每秒，这意味着她不得不在晚上，甚至在女儿每次打瞌睡的时候写东西。在环境压力下，人能做的事真的是很惊人。如果按每小时写作的字数来算的话，罗琳从没有这么多产过。

女人们，当婚姻走到尽头时，勇敢地向前迈进一步，把婚姻的悲剧转化为事业开始的契机，靠自己的双手一定能找到属于自己的幸福。

不必将就和讨好，做你自己就足够美好

婚姻中许多的女人把丈夫视为自己生命的全部，这是一种极端的生活态度，丈夫只是女人生命中的一部分，生命中必定还有别的寄托，孩子、事业、朋友、爱好……这样，即使生活中的一部分遭受挫折，也不会影响到其他的部分。

现代女性最珍贵之处就是能够拥有自己独立的事业，它能给我们以精神的寄托，同时又使我们经济独立，无须看男人们的脸色行事。

小魏是某著名高校中文系的硕士生，在临近硕士毕业时，她结束了长达5年的爱情长跑，接受了李先生的求婚。到该找工作的时候，她也和其他同学开始一起做简历、挤招聘会。当时她以为自己尽管学的是文科，但凭着硕士文凭和在报社、电视台实习的经历，一定能找到一份如意的工作。谁知道一跳进人才市场的海洋里，她才发现情况和她想象的大不一样。

周围的不少朋友劝她说："何必辛苦呢？你老公留学归来，又是工科博士，那么多单位开价都是一两万的。你干脆不工作，在家写点小文章，赚点小钱，悠然自得不好吗？"于是她把档案往人才市场一放，选择了不工作。可当最初的兴奋一过，她才发现这样的生活过得并不美丽，先生每天去上班时，她还在睡大觉，中午一个人在家随便吃点将就着，一整天就在家里穿着睡衣到处晃悠。于是她开始觉得失落，觉得不快乐，渐渐地脾气越来越坏，动不动就发火。深夜梦醒的时候，她不断地追问自己：这真的是我想要的生活？答案是：不。我想去工作，不是因为别的，而是需要。

于是，趁着先生到上海去发展的机会，她也开始像一个应届毕业生一样，又开始了在上海的求职之路。终于，她在一家报社开始做编辑，尽管工资不高，却让她觉得很踏实。她说："在这个人才济济的城市里，我看到了太多优秀的女人是怎样在生活。如果你问我，现在累吗？的确有点累，但我很满意。现在，见到我的朋友都说我比以前更有神采了。"

在现实生活中，也有一些女性，认为自己有经济方面的保障，因为丈夫能够拿回家的薪水很丰厚，所以就选择不工作，依赖丈夫，其实事情并没有像她们想象的那么简单。

有这样一位女性，有一天她发现丈夫有了外遇，盛怒之下的她把他赶出了家门。没想到问题也随之而产生了，几天后，她去食品杂货店买东西时，发现她的信用卡被吊销了。再打电话给银行，发现她的银行账户都被冻结了。原来，她丈夫在律师的指点下，切断了她所有的取钱途径。她一下子变得走投无路了：没钱付账单，没钱给孩子买吃的，甚至连给小车加油的钱都没有！在一筹莫展中，她只好妥协。

从以上的故事中可以看出，女同胞们，不管你的心智是聪明的还是愚笨的，都要凭着自己的心性去过自己想要的生活，要有一项专长，一个职业，一份自己的收入，而不要依附于某一个男人，心情也不要随着他心情的潮起潮落而沉沉浮浮，做一个独立的女人，经济独立、事业进步、感情丰富理智，这样的女人永远自信快乐，这样的女人也是男人心甘情愿为之效劳、为之追逐一生的女人。

第七章

坚定地美给自己看，向生活摆出喜悦的姿态

有一颗学习变美的心才能越变越美

走在大街上，你就能感觉到都市女性有多爱美。女人的天性就是爱美的，先天条件一般的女人总是希望靠后天的修饰来弥补，而先天条件较好的女人更希望通过后天的进一步打造，使自己独领风骚……为了美丽，我们购买了许许多多的化妆品，但我们的皮肤真的变得健康靓丽了吗？为了美，我们成为美容院的常客，美容师在我们柔嫩的肌肤上大力按摩；在家中用毛巾大力擦拭洗脸，这些做法对吗？欧洲人磨砂、去角质的护肤方法，皮肤较为细腻的东方人是否可以效仿？使用速效功能产品真的能够帮助每一位爱美如命的女性获得永恒的健康和美丽吗？女孩子在追求美丽的背后总是存在各种各样的隐忧。来看看我们为你总结的美丽误区吧，记得千万要避免！

1. 多洗脸对皮肤有好处

这不尽然。人的皮肤有干性、中性和油性之分，不同类型的皮肤需要不同的护理。一般来说，你需要在晚上清洗掉脸上的化妆品和积聚在脸上的尘垢以及皮肤死细胞，你也需要在早上清洁脸上的油脂，因为油脂分泌腺在夜间分泌的油脂比白天多。油性皮肤需要多洗几次脸，但干性皮肤则并不需要这样，那样做反而会影响皮肤质量。美容专家认为，一定要根据自己的皮肤类型“对症下药”。对干燥型的皮肤，用乳脂状的美容霜效果较好，油性的皮肤则最好使用以甘菊为主要原料的美容霜。

2. 素面朝天不化妆

化妆过度固然会对皮肤产生伤害，但认为不用化妆品，不用护肤品就不会增加皮肤负担的想法也不可取。比如，夏天紫外线很容易晒伤肌肤，如果选择防晒指数合适的防晒用品，就能使肌肤少受伤害。另外，许多人用化妆品习惯一用到底，这并不科学，如粉底霜，冬天因气候寒冷干燥，应用具有保湿功能的粉底液，但用在夏季就容易脱落。人的肤质状况随季节、年龄等因素不断变化。从中性到混合性、油性至干性的变化是一个动态过程，在皮肤的不同时期应选用不同的化妆品，给皮肤最需要的关爱。

3. 不卸妆就睡觉

对许多女性来说，化妆已如吃饭、睡觉一样必不可少。大多数人会把大量的时间用于化妆，但却不愿在卸妆上下点工夫。更有甚者，还没来得及卸妆就已经直接爬上床睡觉了。殊不知，这种做法对皮肤非常不利。

美容专家指出，如果一个晚上不卸妆，就可毁掉一个月的护肤效果！因为残留在肌肤上的化妆品不仅吸附着白天空气中的尘埃和细菌，还积聚着肌肤分泌出的油垢，如果不及时把它们清理干净，经过一个晚上的沉淀后脸部的毛孔就会被阻塞，出现暗疮。因此，专家提醒，无论你多么疲倦，都要用柔和的清洁剂洗去脸部化妆品，涂上晚霜，然后再就寝。

4. 黄瓜能去掉黑眼圈

把黄瓜片贴在眼皮上，确实会使人感到轻松，尤其是在操作电脑数小时后。但这样做却有副作用，它会造成失眠。有专家指出，对黑眼圈的最好疗法是闭目养神，而且每次闭眼的时间要尽量长一些。如果这种办法效果不明显的话，你也可以用棉球蘸甘菊茶和山金车花液涂在眼皮上，它能刺激血液循环。每天用这种浸泡过的棉球按压眼睛周围十分钟，连续做三周，就能见效。

5. 剪发会使头发长得更快，刮体毛会使体毛长得又粗又密

这种说法是没有根据的，剪发和刮体毛，既不能使头发长得快也不能使体毛又粗又密。当毛发刚长出来时，它看起来似乎多刺而且不柔软，它们长得快或粗，完全是你的一种错觉。事实上，毛发的成长是按照一定的规律进行的，它的速率与密度都是一定的，并不以人的意志为转移。

多吃水果、蔬菜以及高质量、低脂肪和颗粒谷类食物，此外再加上充足的睡眠，每天保持喝 8 杯水使头发看起来光滑发亮，感觉很健康。

6. 还很年轻不用考虑老化问题或者很年轻就开始使用抗皱的产品

对女性来说，肌肤机能老化分预防老化和抵抗老化两个阶段。20 岁至 25 岁时肌肤机能仍处于良好的状态，自我修护的能

力非常好，只要做好日常护肤工作就很好，基本没有抗老的需求。25 岁以后肌肤状态已经处于水平发展的方向，自我修护能力减缓，老化现象已经慢慢地显现，此时需要开始使用一些具有抵御老化功效的产品，帮助肌肤延缓老化。

7. 使用面膜或护理型粉底代替日常护理产品

面膜为肌肤护理中的补充型产品，它的功效时间相对较短，通常仅有 2 ~ 3 个小时，是周护理型产品。日常护理产品却能够提供一天左右的保护功效，这是面膜无法企及的。具有护理功效的粉底其重点是在粉质上，护理功效只是在此基础上额外添加的，只能使粉质不吸水，保养功效自然就不会很理想，出现紧绷、干涩、不适在所难免。

8. 长期使用自制面膜或自制的护肤品

柠檬、黄瓜、蛋清等经常被用来自制成面膜或日常护肤品。在某种情况下它们的确是护肤品，但并不意味着适用于所有肤质。比如，较敏感的肤质就应该避免将柠檬等含果酸的成分置于自制品中；干性肌肤不要使用蛋清打底做面膜，它会使你的肌肤越来越干。

9. 肌肤很容易出油，从不用含油分的产品

肌肤天然的水脂膜是由“水”和“脂”平衡形成的，当它失去平衡时，就会出现“干”或“油”的肌肤问题。当肌肤逐渐成熟，肌肤自然的水分和油分都会减少，如果一点油分也不补充，很可能会造成肌肤缺少营养而出现皱纹、无光泽的现象。

10. 为节省开销选择质量较差的洁面产品

因预算关系或者其他原因，我们通常忽略了洁面产品的品质，这样做适得其反，不但会增加护肤费用而且还伤害肌肤。通常质量不好的洁面产品会破坏肌肤的 PH 酸碱度，而由此造成的伤害需要多用约 1/3 的面霜才能挽回。

11. 为省事，使用一种颜色的唇膏

好多女孩在冬天里不太喜欢抹口红，最多就只用一种颜色的唇膏，觉得这样携带方便，也比较省事，当然最主要的是不想动手。

双唇在冬天很容易“黯然失色”，冬天在深色的衣服的映衬下，双唇会显得比较沉闷，那么就要在唇膏的颜色上多动动脑筋了，多准备几支唇膏，使其与服饰、周围环境相协调，并且注意搭配使用，会带来意想不到的惊喜。

12. 怕让肌肤受冻，用热水洗脸

想一想，你在冬天有没有用热水洗脸的习惯？感觉这样肌肤就不会受冻，脸也洗得干净清爽了。

肌肤在冬天最经不起寒风的肆虐了，所以如何提高肌肤的抗寒能力，增强肌肤的抵抗力，女孩一定要先考虑这个问题。最好的办法是先用热水洗脸，再用冷水洗脸 30 秒，这样会增强肌肤的弹性。

以上是女性在追求美丽过程中经常会出现的误区。女性朋友，在你打造美丽肌肤的同时是否也陷入以上一种或几种美丽的误区呢？美丽肌肤需要自己呵护，聪明女人要走出健康误区。

没有天生丽质，也要时刻保持精致

女人到了一定的年龄，都会面临身材走样的苦恼，出现如胸部下垂、腰身变粗、腹部凸出等状况，这时候如果不注意修饰的话，风采就会大打折扣。聪明的女人会巧妙运用服装的细节来帮助自己，让身材恢复凹凸有致。

1. 变瘦有窍门

其实，一个女人漂不漂亮、穿衣服好不好看，跟身材的胖瘦并没有直接的关系，“整体比例匀称”才是美丽的关键。如果你的比例不是很匀称，以下的技巧可以让你重新打造黄金比例，让你的身材恢复凹凸有致。

（1）不要忽略内衣裤。春夏装的款式多为轻、薄、短、小，请将内衣裤视为整体塑型的一部分，穿着和春夏服饰合衬的内衣，在性感中保持端庄才是上上之策。

（2）衣服不大不小。太大的衣服虽然能遮住不理想的曲线，却会让“吨位”在视觉上被“放大”；太小的衣服难免过紧，所以不大不小的衣服才是最适合的。

（3）整体线条要干净清爽。请务必保持整体线条的干净清爽。例如，拿掉破坏整体线条的垫肩，或者在布料较透明的衣服里加一件丝质衬衣、衬裙，便能巧妙遮盖肉感的腰、腹、臀、腿，美化你的整体线条。

（4）长度不要结束在最有分量的位置。服饰长度结束的地方，通常是视觉的焦点，如袖口应避免结束在手臂最粗的位置、衣摆不要结束在臀部最宽的地方、裤管则应避免结束在腿部最粗的部位。

2. 手臂长久的“瘦”

首先，穿短袖衣服时，不要让袖子的长度结束在手臂最粗的地方。除非手臂真的非常“粗壮”，否则建议你试试无袖或削肩的衣服。当整个手臂线条被拉长时，往往手臂也就不如想象中那么粗了。其次，袖子的衣料不要太薄、太紧或太有弹性，将手臂包裹得紧紧地，会显得肉感十足。穿衣只是暂时之计，长远来讲我们还是应该通过运动达到手臂长久的“瘦”。

3.“挺”起来真好

选对胸衣与抬头挺胸是帮助你“以小变大”的基本功。

（1）穿公主线剪裁服饰。有胸褶与腰褶的公主线剪裁，会让身材看起来起玲珑有致；反之，宽宽松松的服饰只会将瘦的人“扁平化”。

（2）穿有蓬松感的上衣。有荷叶领、胸前打碎褶的设计等，另外在腰间系一条皮带，让上身蓬松起来，都能增加动人曲线；避免单穿紧身或贴身的服饰，可以在外面多加一件衣服，以增加“分量”。

（3）采用垫肩可以让胸部线条看起来更完美。

（4）高腰衣服，托出完美胸线。把腰线提高到胸线以下的位置，你的胸部看上去就完美无缺了，当然胸部以下最好是修身合体的款式，才能更加衬托出胸部的玲珑曲线。

（5）精致领口，在视觉上提升胸位。选择大领口的上衣或者领口有独特设计的服装，转移视线到颈部，这样会在视觉效果上，感觉胸部更大。

4. 腰看起来更细

（1）视腰部为“要害”的佳人，请避免穿着腰部附近有复杂设计的衣服，如腰部有绲边、绣花、口袋等，若系宽腰带，要系在低腰接近臀部的位置上，而不是腰上。

（2）剪裁“略有腰身”的服装，如公主线剪裁、有腰褶的服装等，能让腰部曲线现形。此外，“直筒洋装”因为让人看不出实际的腰围大小，也就无所谓有没有“小蛮腰”了。

（3）肩膀若不宽，可以利用垫肩、穿着宽且浅的领型来增加肩膀宽度；臀部不大的人，更可穿着蓬裙，两者皆会让腰身相对变小，展现窈窕身段。

（4）纵向分割线条，秀出纤腰，浅色衣服很容易显胖，选择纵向分割的款式可以让身体变得更加有立体感。此外，腰部有较多装饰细节的款式应该避免，否则会显得腰部更加臃肿。

5. 让臀部更“秀气”

（1）合体的直筒裤，提升臀位。深色的裤子有收缩的视觉效果，腰臀处的合体设计包裹出丰满的臀线，臀围处有分割处理的裤子能让臀位在视觉上提升不少。

（2）条纹下装，让臀部更秀气。条纹是显瘦的常规技巧，但不要选择宽条的纹样，条纹裤子也不要选择太紧身的款式，不然会适得其反。裤子的设计要以简洁为主。

（3）若身材比例特性允许，可以使用垫肩加宽肩膀宽度以平衡臀部的宽度。其他可加宽肩膀宽度视觉的方法还有：宽且浅的领型（如船型领）、肩章的设计、泡泡袖等。

（4）上衣长度千万不要正好结束在臀部最大的地方，也要避免设计重点在臀部附近的衣物，如臀部的贴补式口袋、绲边、印染或刺绣图案等，因为线条与设计皆有吸引眼球的效果。

6. 小腹隐形不难

小腹是否突出和胸部的比例关系很大，胸前“伟大”的女人不管小腹再怎么圆都不太会显大，而“纯平”的女人只要小腹有一点点突出，就看得很清楚了。因此，要在视觉上“缩小小腹”的第一步就是抬头挺胸。另外，也可以在以下几方面下功夫：

（1）合身很重要。因腹部太紧而布料紧绷起皱，或拉链绷开，是引人注视腹部的第一大敌。

（2）穿不会皱的衣服。小腹的地方，衣服特别容易皱，而身上特别皱的地方也就是特别惹人侧目的地方，如果穿着会皱的衣服坐下的时候，腹部处要特别小心才是。

（3）印染图案使视线变模糊。印染图案比素色更能掩饰腹部，而在腹部两旁打一点细褶的款式也很有帮助。

（4）收口上衣，掩饰小肚子，既时尚又曲线玲珑。不过收口的位置一定要在肚子以下才有修饰的效果，位置太高反而会让小腹暴露无遗。

（5）前面不要有圆弧形口袋。圆弧形口袋会产生“圆上加圆会更圆”的效果。

7. 腿修长有章法

（1）布料厚薄要适中，避免布料过厚，或穿贴身有弹性完全显露腿形的裤子。

（2）不管是长裤或裙子，都不要太紧绷——有一点松，在腿侧能抓出 2.5 厘米的宽度是最好的。

（3）长裤或裙子的下摆不可结束在腿最粗的地方。此外，穿 2 寸或更高的高跟鞋，可以让双腿看起来细许多，过细的鞋跟则不予考虑。

凹凸有致的身材是魅力女人的一大资本，善于运用细节来帮助自己展示迷人身材的女人，是善于展现魅力的女人，也是善于修饰自己的智慧女人。

一个女人可以不化妆，却不能不会化妆

说化妆，有的女人以为只是做一些表相的功夫。不值得太卖力，无须太在意。真是这样吗？其实不然，借助于化妆女人可以更加完美，而有缺陷的妆容则会直接影响视觉、品位和素养，甚至还会出现事与愿违的坏效果。可以说，爱化妆的女人是积极的女人，会化妆的女人则是智慧的女人。

化妆的最高造诣就是要回归自然、塑造个性，达到“无妆”的最高境界。这个道理恐怕不是人人都懂，每个聪明的爱美女性都应该通过扬长避短恰当修饰自我，而不是盲目地模仿他人。

那么如何才能做到回归自然，达到“无妆”的境界呢？要领就是一定要淡雅、干净，绝不能拖泥带水。具体步骤如下：

（1）选用适合自己肤色的隔离霜打底。有斑点的皮肤可选用绿色隔离霜；黄色或苍白的皮肤可选用紫色隔离霜。涂过隔离霜，肤色会被改变得更均匀、更自然，看起来有种透明的感觉。

（2）选用透明的粉底打底。把粉底取适量涂在额头、鼻尖、下巴及两颊五个点上，然后用棉扑稍加压力地涂抹，一定要涂抹均匀才行。别小看底妆，它就像房子的地基一样，若打不好，上面的彩妆就会“倒塌”。

（3）眼部的朦胧效果是否能与整个脸部的妆容贴切，取决于眼影的选择。首先选用略有闪光感的浅蓝色或浅肤色等干净透明的色彩。然后，用海绵棒蘸取适量的眼影，用海绵棒尖端在外眼际睫毛根处涂上一层颜色较浓的眼影。再用海绵棒粗圆部将眼影涂满双眼皮内侧。最后用手指将整个眼部的眼影擦拭均匀。

需要注意的是，涂眼影时一次不要涂得太多，可多涂几次。

（4）为了达到透明无妆的效果，可省略眼线步骤，直接涂上黑色睫毛膏。先按睫毛夹的弧度与眼睑的弧度吻合，从睫毛根到睫毛梢分三阶段进行。把睫毛卷翘，然后取适量睫毛膏先从睫毛上面由内往外轻刷一次，再从睫毛下面由睫毛根刷向睫毛梢。要点：睫毛梢部位不可太浓太厚，要细长才能达到清新、自然的效果。再用小梳子从睫毛根梳向睫毛梢，防止粘连。

（5）完美和谐的眉形，可令整体的美感有耳目一新的变化，使眉、眼、唇相得益彰，魅力四射。“眉如远黛”是形容美女的一个词，那么如何让自己的眉毛看起来完美无缺呢？首先确认眉头、眉峰及眉毛的位置，用眉笔在上面点上三个小点，难以“驾驭”的眉部化妆就容易多了。从眉头起笔会显得不自然，可按眉毛生长的逆方向描眉。在描眉过程中，需要注意的是，眉头要平和自然；眉尾要纤细，长短要适宜，否则会显得生硬；眉峰的修饰直接影响眉型，是眉部化妆的重点部位。

若你的眉毛很浓密的话，你只要用刮眉刀成拔眉钳及修眉剪理出干净利落的眉形即可得到脱胎换骨的眉形。

（6）无论你是开怀大笑，还是轻轻微笑，双唇的美丽永远是令人心醉的风景。为了达到自然的化妆效果，可以省略唇线笔的步骤。先用沾满口红的刷子从上唇的唇角刷向唇峰，注意左右两端的唇峰，且涂时要小心谨慎。涂下唇时要注意上下唇的宽度，先用唇刷固定下唇中央轮廓线，再从中央涂向唇角，最后用化妆纸吸去多余的油脂，会使唇部更自然。

（7）画龙点睛之处就是扫上胭脂了。可选用橙红色或肤红的透明色彩，能马上令你的俏面变得生动、可爱。

毫无疑问，女人的美是用辛勤的汗水和卓越的智慧换来的，不想动脑筋，不想下功夫就别想成为妆容美丽的女人。如果女人本身姿色并不出众，又想引起别人的注意，试试以上7个步骤，通过化妆使自己更美丽是一个不错的选择。

爱化妆的女人，懂得追求生活的美；会化妆的女人，懂得把握艺术的美。无论如何，女人是离不开美的，在世界上，到处都充满了美，在现实中，又到处都缺乏美。女人不仅是美的追求者，还应该是美的创造者、表现者。

因此，爱化妆，是一个女人积极生活的需要；会化妆，是一个女人智慧人生的展现，化个美丽的妆，呵护你的容颜，展现你的娇美，是女人一辈子值得学习的功课。

越老越漂亮的方法

如果要问女性在金钱、美丽、知识……这诸多方面最关心的是什么？毫无疑问，一定是美丽。

在今天各种各样的有关女性的书籍、报刊、电视等媒体中，说得最多的就是女人该如何美丽，而在那些铺天盖地的广告中，出现得最多的无疑是一些美容、美体、化妆品、护肤品等产品。

然而，在美丽的细节中，女性最注重什么？很多美容调查报告显示，她们最关心的是肌肤保养的问题。

任何一个女人都希望自己拥有平滑、细腻、鲜艳、嫩泽、光洁而富有弹性的肌肤，在视觉上向别人传递一种美好、新鲜、健康的感觉，同时也为自己营造一种愉快的心情。反之，粗糙、灰暗、有色斑和凹凸不平的肌肤则是任何一个女人都不愿意拥有的。

但是，事物的发展是不会以个人意志为转移的。尽管女人千方百计，希望留住青春，拥有不老的年华，但无奈的是，自然规律是不可改变的。

随着女性年龄渐渐增大，皮肤就会走下坡路。一些我们不愿意看到的色斑、皱纹将毫无声息而又执着地爬上那经过岁月洗礼的皮肤。

如果你不想过早地失去青春和美丽，不想衰老得那么快，那么就要想一些办法来保持你的青春——这就是肌肤护理的意义所在。

1. 洁面

不施粉黛、素面朝天自然有一种魅力，但你绝对不能不洗脸，因为一张油乎乎、脏兮兮或者痘痘横行的脸绝对是魅力女人的死敌。细腻嫩白的好皮肤固然要靠天生丽质，但更与后天的保养分不开。长期保养要依靠好习惯的促成，所以要养成经常洁面的好习惯。

洁面不仅要适度，不同的季节洁面也要有所不同。春季和夏季，皮肤的毛孔开始疏通，新陈代谢加快，皮脂腺分泌旺盛。由于风吹、日光中紫外线的照射，会导致皮肤衰老，皮脂腺分泌过度会使你油光满面，所以应该勤洗脸，这样才能清爽宜人。而秋冬季节，皮肤的毛孔、汗腺闭塞，皮肤血流变慢，新陈代谢减缓，皮肤易干燥、搔痒、生冻疮，这时应该尽量减少用热水洗脸的次数，改用冷热水交替洗脸的方式，以便增强皮肤的弹性和抗寒能力，还可以预防感冒。洁面后要尽快涂润肤品，以保证面部肌肤在寒风中依旧光彩照人。

2. 补水

无论你是干性皮肤还是油性皮肤，其实都是缺水造成的。那还犹豫什么，赶紧让皮肤喝饱水吧，这样才能使脸色润泽细腻，面似桃花。

补水离不开保湿霜，保湿霜是否适用主要在于其成分，所以一定要根据自己的特点和地域条件选择最适合自己的保湿霜。欧美产的保湿霜，较多使用多元醇、甘油、蜂蜜等成分，更适合温和气候下的中国女性。日本产的保湿霜比较倾向于添加凡士林、矿物油等，因为日本岛国的海风非常容易伤害皮肤，丰富的油脂可以起到一定的保护作用，而这些成分到了比较闷热干燥的中国，会导致痘痘的出现，可谓适得其反。

此外，对于成熟干燥的皮肤，矿物油、羊毛脂、凡士林、蜂蜜等成分，可以补充缺失的油分，减少水分蒸发，但对于年轻皮肤来说，可能就是烦恼的来源。因此，在选择保湿霜的时候不要盲目追风。美丽的女人一定要了解什么保湿霜最适合自己，这样才能保证肌肤永远靓丽。

3. 防晒

灿烂夺目的阳光给世界带来温暖和生命，但是如影随形的紫外线却让每一个想要保持魅力的女人既爱又恨。防晒品是女人必备的武器，一定不能少。以下几个问题是你必须注意的。

（1）开车的女士应注意面部、臂部和手部的防晒保护。

（2）日光浴前半小时，千万不要忘记涂抹适合自己皮肤的防晒用品。

（3）不能过高估量遮阳伞和树荫的防晒功用，即使在多云或阴天里皮肤一样会被晒黑。

（4）耳朵、嘴唇、膝盖后、脚面和脆弱的眼部周围肌肤，都是需要注意的地方。

（5）防晒指数越高的产品越易引起皮肤过敏反应，使肌肤有不舒适的感觉，因此，一定要挑选适当的防晒品并且反复涂抹。

4. 祛痘

尽管小痘痘是青春的标志，但如果脸上到处是斑斑点点的，那绝不是一个美丽女人的特质。看到脸上突起的小痘痘让爱美的女人垂头丧气，但是，一味地想用简便的办法除去它，如用手挤、抠、挑……只能让一张本来就凄惨无比的脸更加惨不忍睹。最好的办法是在饮食结构上进行适当的调理，避免吃辛辣的食物，平时尽量少洗脸，少用磨砂膏和收缩水，以便减少不必要的刺激。记住，温柔祛痘才能有好的效果。

时间无情，随着岁月的流逝，每个女孩都会慢慢地衰老。失去青春不可避免，我们纵然不能“返老还童”，但可以延缓衰老，赢取更多的宝贵时间去开创、去享受美好生活，从而让青春的色彩驻留得更久一些，这绝不是天方夜谭。

从今天做起，从细节做起，做个漂亮“脸面”的女人，让岁月之痕尽可能晚一些到来。

运动，让生活变得沸腾

“阳光、空气、水和运动，这是生命和健康的源泉。”希波克拉底这句名言的精辟之处在于，在生命与健康的源泉中，运动被放到了与生命不可或缺的阳光、空气、水等同样重要的位置。生命在于运动，运动对我们的身心健康确实具有无比重要的影响。女性要想让身体保持最佳状态，就必须坚持运动。

1. 运动的力量

（1）运动能够增强机体生命力。运动能够使机体各器官得到充分活动和锻炼；运动使血流量增加，血流循环加强，氧和营养供应充分，从而能有效改善系统各器官的结构和功能，大大增强它们的生命力。

（2）运动在促进人心理健康方面有非常积极神奇的作用。没有定期运动的人会慢慢变得自闭、紧张和神经质，而且更容易受到压力、焦虑和精神疲倦的折磨。运动是烦恼最佳的解药，当你开始运动时，烦恼就自动消失了。

（3）运动能使女性保持正常体重。事实证明，按时锻炼有助于长期减肥。

2. 运动的简便方法

永远选择楼梯。不要搭乘电梯或电扶梯，想拥有结实的臀部，就用脚尖爬楼梯。

把脊背挺直。挺直脊背可以锻炼背部和腹部的肌肉，又可保持姿势优美。

快步走。快走 100 分钟可以消耗大约 500 卡路里的热量，这总比连续 7 小时 10 分钟站着熨衣服容易吧，因为两者同样消耗 500 卡路里的热量。

收缩臀部肌肉。每天重复几次这个动作，即可美化臀部线条。

经常换穿高跟鞋和球鞋。这样可以锻炼小腿部位的肌肉。

把车停远一点。你必须至少步行 2 分钟才能到达目的地，不要嫌麻烦，走路对你有好处。

拎手提袋时，手臂和身体刻意保持距离。这样可以顺便锻炼二头肌和三头肌。

遛狗至少 20 分钟。陪着狗跑步，甚至扔球让它去捡，这样可以锻炼你上半身的肌肉。

坐公交车永远只站不坐。这是最简单的运动方式。

逛超市或市场时，宁愿提两个篮子也不推车。这是一边走路一边锻炼手臂肌的绝佳方式。同时，提购物袋时手臂不要自然垂下，要弯曲手肘，让前臂和身体垂直。

在办公室里随时随地收小腹，一天至少做五六次。使用离座位最远的复印机，即使你的工作必须整天坐在座位上，这样至少可以让你多走几步。

陪小孩骑脚踏车。孩子骑得慢，时速顶多2公里，所以不是叫你骑车陪他们，而是跟在他们身边跑步。

躺在床上，把小婴儿举起再放下。孩子高兴，你也顺便锻炼手臂肌肉，亲子同乐乐趣多。

做家务。做家务其实是一举两得的运动方式，使用吸尘器、擦窗户、洗浴缸等，做家务时的动作可以锻炼你的肌肉。

用吸尘器时膝盖弯曲，脊背挺直。这样可以锻炼大腿肌肉，而且不会腰酸背痛。

种花草千万不要倾身向前，随时以膝盖弯曲的蹲姿来保持平衡，怡情养性又充分运动。

呼朋引伴来跳舞，配合充满活力的音乐，每分钟可以燃烧8.35卡路里的热量。

平躺在床上，双手枕在脑后，深呼吸。用嘴吐气的同时努力收小腹，这样做对身体很有益处。

上厕所时，不要直接坐下去，离坐垫几厘米并保持平衡，可以锻炼大腿肌肉。

大笑100声所燃烧的热量跟划桨10分钟一样多。深呼吸，可以缓解腹部压力，避免胀气。

运动其实不必购买各种花里胡哨的运动器材，也不必拥有各种昂贵的俱乐部健身卡。只要你心底有一个小小的声音，告诉自己运动未尝不是件好事，随时用以上 20 种简便方法，无须你刻意安排运动的时间、地点，就会让你在不知不觉中锻炼了身体。

认真地瘦，优雅地活

当下拥有苗条身材的女性成了众人眼中亮丽的风景线，于是，减肥也就成了很多女人的必修课。

1. 科学控制减肥速度

有研究表明，快速减肥，要求在 2 ~ 3 个月内有明显效果的人，大约有 1/4 会患上胆结石。因为当热量供应急剧减少，沉淀在组织中的脂肪加速消耗时，胆固醇就会随之运动，体内需要的胆汁就会激增，胆汁因而变得黏稠，析出结晶而沉淀下来。同时，控制饮食后，胆汁分泌减少、胆囊收缩变弱，不能及时排空，所以导致结石的形成。

2. 食量适当

最基本的减肥方法之一就是减少进餐、限制热量的摄入，只要长期坚持，基本上都能收到良好的效果。但是，如果每天的食谱所提供的热量低于 600 卡路里，有可能影响健康。

因此，减肥时，你的食量一定要满足身体所需能量的需要，只有这样，减肥才不会伤身。

3. 不能长期吃素食减肥

减肥可能成功了，但是，相伴而来的最明显的是脱发。头发的主要成分是角质蛋白，这种蛋白质含有锌、铁、铜等微量元素。长期吃素食的人，无法从蔬菜、水果与面粉等食物中摄取足够的蛋白质及微量元素，很容易营养不良导致脱发。

因此，即使减肥，也要有意识地吃一些平衡身体机能所需的食品，以求达到身体代谢的平衡。

4. 不要盲目减肥

营养专家提醒减肥族，体内多余脂肪能刺激大脑，加速大脑处理信息的能力，增强短期与长期的记忆力。体重超出 20% ~ 35% 的人是最聪明的，而节食减肥的女性记忆力损坏最严重。

因此，为保护大脑功能，不要盲目减肥。

5. 节食与运动相结合

减肥不当造成体重反弹，因此，减肥一定要坚持节食与运动相结合，巩固减肥效果，保持体重稳定，防止反弹。

6. 减肥需要合理饮食

人的身体之所以肥胖，并不是因为单纯的营养积累，在很大程度上，是因为饮食中缺乏使脂肪转变为能量的营养素。体内脂肪在转化成各种能量的过程中，需要多种营养物质的参与，包括维生素 B_2、维生素 B_6 及烟酸等。如果减肥者不摄入这些帮助脂肪转化的营养物质，体内的脂肪就不易转化为能量，减肥就很难见效。

因此，减肥时要合理饮食，才有效果。由于女人特殊的生理结构，所以在一些“特殊”时期不宜减肥，否则对健康不利。

1. 青春期

女孩子在青春期需要积累一定的脂肪（约占总体重的 17%），才能使月经初潮如期而至，并保持每月一次的规律性。如果盲目减肥，体脂减少，会使初潮迟迟不来，已来初潮者则会发生月经紊乱或闭经现象。因此，青春期不宜减肥。

2. 生育期

处于生育期的女性，同样需要积累充足的脂肪来完成生儿育女的重任。有专家认为，女性在怀孕之前，积累的脂肪量需占体重的 22%才可能受孕，达到 28%以上才有足够的能量储备以供“十月怀胎”和产后 3 个月的哺乳所需。因此，处于生育期的女性不宜减肥。

3. 哺乳期

减肥需要控制脂肪的摄入量，而脂肪是乳汁的重要成分，当因为减肥而造成脂肪减少时，就会减少乳汁的供应量，使体内调节系统失调，动用储存的脂肪来产奶，但储备的脂肪中，可能含有对宝宝健康与发育不利的物质。因此，哺乳期不宜减肥。

如果你现在正在减肥或是想要尝试着减肥，以下几个方面不妨注意一下。

（1）对减肥广告要加以分析。减肥药、减肥茶不是灵丹妙药，不能轻信减肥广告，更不要轻易试用。

（2）因身体素质而异制订减肥计划。要短期目标与长期目标相结合，计划要切实可行，并严格实施。

（3）保持健康的心理状态。如节食减肥要避免另一个极端——厌食，造成严重消瘦、脱水，危害健康。

（4）记录减肥日记。记录每天自己的体重、腰围和进食、活动情况，以帮助自己分析减肥成功与失败的原因。

（5）药物不是减肥的好办法。长期服用药物减肥会产生副作用，因此使用减肥药物一定要在医师观察下进行，切不可自己随便服用。

（6）手术、针灸、按摩、气功、推拿、中药等中医减肥方法，要在医师指导下进行，不可随意采用。

关注身体的每个细节，世界上除了生死其他都是小事

针对健康问题，世界上大部分的疗法其实更注重预防而非治疗，明智的做法无一不是在状况发生前就慧眼发现问题，并把它扼杀在萌芽状态中。一旦到了寻医觅药的地步，都算不上是经营健康的高手。现在就从自己身体的每一个器官开始，从头到脚，仔细检阅，为自己的身体把脉。

1. 眼睛

如果你眼部下围有黑圈，意味着你有肾或肾上腺的失调或不

平衡问题，需注意增加睡眠时间，或改变睡眠习惯，充足有效的睡眠是恢复精力的最经济投资；另外，还要记得减少食用盐、咖啡、冷冻饮料、冰激凌和烧烤类食品的摄入，试着多吃加热过的食物，如汤、炖肉和豆类食物，保证食用足够的优质蔬菜。

2. 眉毛

如果你的眉毛间，眼睛周围感觉干涩，或是出现像干旱地面那样的裂纹（直纹或横纹），这表明你的肝脏内部不平衡。还有通过眉毛的浓密、稀疏也可以说明你是否肾气充足。眉毛浓密，说明肾气充沛，身强力壮；而眉毛稀淡、无光彩，说明肾气虚亏，体弱多病。中医认为，眉毛属于足太阳膀胱经，它依靠足太阳经的血气而盛衰。

3. 耳朵

用手捂住耳朵，或侧卧让耳朵贴紧枕头，就能听到耳朵里嗡嗡作响。正常人有耳鸣，但一撒手或一翻身，耳鸣就应该消失了。如果白天没有感觉，夜深人静时突然耳鸣，或短期内发生的耳鸣，则要到正规医院检查原因。

4. 舌头

健康女性的舌头色淡红而润泽，舌苔薄白，没有裂痕和凹痕。如果舌面味蕾丝聚在一起，形成沟和脊，则表明长时期缺乏B族维生素。

5. 头发

头发不仅能保护头皮，还反映女性的健康状况，通过观察头发的稀疏变化可以了解身体的健康状况。掉头发本来是一件很普通的事情，但头发上也可能传来坏消息。中医认为，肾气的盛衰可以从头发上体现出来，肾气是促进发育、生长和生育繁殖等机能活动的动力。肾气充足时人体精力充沛，毛发生长旺盛。相反，肾气过早衰退会使人未老先衰、毛发脱落以至于早白。

另外，调查发现，35%的女性发现自己的头皮屑问题会随着心情的变化而改变，如果你感到压力重重，而且头皮屑开始增多，那么两者之间的关系不言自明——压力是头皮屑形成的常见原因。压力还会造成其他后果，因此最好寻求帮助，改变生活方式，以减轻压力。

6. 肤色

注意你身上的斑点和皮肤上的其他变化。要当心皮肤表面以及色斑的变化，那是遭遇多种皮肤病变的信号；暴露在外的部分如果有了淡色的斑点，那是告诉你要尽量减少日晒的时间。通常脸部或手背上那些发痒而不愈的伤疤，是在提示你必须去看皮肤专科医生了。

7. 睡眠

入睡总是要花很长时间，除去紧张压力、吃得过多和入睡前的兴奋外，还可能是缺钙或神经系统问题；早上醒来发现内衣经常湿漉漉，又不是噩梦所致，就要去看医生。

8. 疲劳的疑问

要起床时还觉得睡不够，连伸个懒腰、打个呵欠都没有精神头，这就是疲劳。不妨找一找下面几方面原因：受到挫折、情绪不佳，最近的工作和生活节奏过于紧张，或是缺乏运动。

9. 如厕习惯

你正常的如厕习惯如果有了变化，如腹泻、便秘，或者次数增加或减少，就有可能是肠道病变的信号。如果一般的对症治疗不见效，这些变化总是反复且持续达 3 个月以上，必须立即就医。当然也有可能是小题大做了，但谨慎为上。

以上 9 个方面你是否从头到脚都“检阅”了一遍，发现了什么问题吗？女性朋友要想拥有健康美丽的人生，就要从平时的生活着手，随时随地把好自己身体的“脉”。

定期体检，健康的美人在每一阶段都好看

近年来，妇科病的发病率有上升的趋势，各种妇科疾病患病率高达 70% 以上，多为妇科炎症、宫颈糜烂和子宫肌瘤。因此，女人要提高自我保护和保健意识，应当定期进行妇科检查。

可现实生活中，有不少女性因为嫌麻烦或对检查感到迷茫，从而忽略自身的定期检查。其实，即使是健康的女性也需要定期检查。对某些疾病来说，提早检查就能提早预防，及早发现就会有助于治疗。下面这 5 项检查，就是女性应该做的 5 项最重要的检查。

1. 乳腺

乳腺癌是危害女性健康的主要恶性肿瘤，是当今导致女性死亡的主要疾病之一。随着生活方式的改变，生活水平的提高，高脂肪、高蛋白的饮食结构，不哺乳、晚生育或不生育的生活方式，使女性受雌性激素影响的时间变长，因此导致乳腺疾病发病率极高，甚至年轻化的趋势明显。由于乳房的特殊性，很多女性在受到乳房疾病困扰的时候，往往很难早期发现。乳腺检查有助于及早发现可能出现的乳腺疾病。

2. 盆腔

盆腔是女性内生殖器的聚集处，因而极易受到病菌感染而引发盆腔炎。盆腔炎属于妇科常见疾病。

3. 阴道

阴道炎是不同病因引起的多种阴道黏膜炎性疾病的总称。忽略了阴道和周围器官的清洁卫生，就很容易诱发阴道炎。75% 的女性一生中至少患过一次霉菌性阴道炎，它是阴道感染性疾病的一种，所以应该进行检查。

4. 子宫

在女性的各种恶性肿瘤中，宫颈癌的发生率仅次于乳腺癌，位居第二位，且近年有年轻患者明显上升的趋势。

5. 卵巢

卵巢癌是女性常见的一种恶性肿瘤，发病年龄分布较广，因此，女性应通过定期妇科体检的方式进行筛查。

另外，女性除了进行有针对性的检查外，每年一次的全面体检还是十分有必要的。

女性通过定期检查，可以对自己的身体健康状况心中有数，做到无病一身轻，有病及时治，何乐而不为呢？

有一种性感，叫香水的诱惑

为提升品位，增加自己的魅力，越来越多的女人在社交场合开始习惯使用香水。的确，如果能正确使用香水，有时会产生意想不到的效果，否则，就会适得其反。若要发挥香水的最佳效果，让你举手投足都能散发迷人的香气，首先必须了解香水的正确使用部位。

1. 耳后

女人擦香水最普遍的地方就是耳朵后面。因为这个部位体温高又不受紫外线的影响，不仅留香长久，而且不伤皮肤。

2. 后颈

如果是长发，擦过香水后可以用头发盖住，以避免紫外线的直接照射。但是这个部位的皮肤较敏感，须视个人的情况而定，因此应慎重使用。

3. 头发

在发梢抹上香水，只要轻轻摆头，就会散发着迷人的香气。

但是与人聚餐时，最好不要在这里擦香水。

4. 手肘内侧

手肘内侧属于体温高的部位，而且皮肤敏感度较低，香气的挥发会更直接，只要移动手肘就会散发出芬芳的香气。

5. 手腕

秘诀是把香水擦在静脉上，这个部位的体温较高，又经常活动，是香气很容易散发的地方。

6. 腰部

参加聚餐时香水要擦在腰部以下的部位，这比擦在露出来的肌肤上更能使香味持久，还不易破坏佳肴的香味，而且随着肢体摆动，会让你摇曳生香。

7. 膝盖内侧

在膝盖内侧抹上香水，能使你站起来时，由下往上散发出香气。如要补擦香水时，直接擦在丝袜上就可以了。

8. 腿部

在你穿上丝袜之前，在腿部擦上香水，这样散发出来的香气不但典雅而且持久。

9. 脚踝

在脚踝上方内侧擦上适量的香水，每当你轻移莲步时，就会散发出淡淡的幽香。若是要补擦香水时，别忘了这个部位。

需要特别注意的是，腋下绝不可洒香水，因为这个部位是汗腺最发达的地方，如果香水在腋下和汗水混合在一起，往往会散发出令人作呕的异味。

香水的使用部位是有讲究的，使用不当，不但不会收到好的效果，还会有损自己的魅力。我们已经知道了香水的具体使用部位，那么，在日常生活中，我们到底该怎样使用香水呢？

1. 七点法

先将香水分别喷于左右手腕静脉处（双手中指及无名指轻触对应手腕静脉处），随后轻触双耳后侧、后颈部；轻拢头发，并于发尾处停留稍许时间；接着双手手腕轻触相对应的手肘内侧；再使用喷雾器将香水喷于腰部左右两侧，左右手指分别轻触腰部喷香处，然后用沾有香水的手指轻触大腿内侧、左右腿膝盖内侧、脚踝内侧。

2. 喷雾法

在穿衣服前，让喷雾器距身体约 10 ~ 20 厘米，喷出雾状香水，喷洒范围越广越好，随后立于香雾中 5 分钟；或者将香水向空中大范围喷洒，然后让香雾慢慢落在身上。这样，就可以让香水均匀洒落于全身，散发出淡淡的清香。

以上两种方法可根据个人的喜好选择。通常说来，香精以“点”的方式使用，香水以喷雾的方式使用。香水擦得越广，味道就越淡，这是使用香水的秘诀。

这里要提醒女人的是，在选择香水时，应充分注意是否与自己的个性、年龄、职业相协调，注意与所使用的场所（休闲、社交、居家、旅游等）是否协调。

由于香水使用的香料，对外界物质相当敏感，保存时要非常注意。因为香水在正确保存的情况下，开封后可使用2 ~ 5年。每次使用后须将盖子盖好，这样不但可避免酒精成分蒸发，也可防止空气中的氧将香水氧化而变质。

每天使用后，香水不可摆放在阳光直射的地方，以免在强烈光线的照射下，香味及颜色发生变化。最好盖好瓶盖放回盒子里，再放置在阳光照射不到的抽屉中。

如果香水短时间不用，为防止香水因温度产生强烈的变化，可以用保鲜膜包好，再放进温度变化小的地方（如恒温箱中），这样才可避免受到外界的影响，使香水保存得更长久。如果香水未开瓶，也应存放在阳光照射不到的阴凉处。

香水的使用是讲究方法的，只有恰到好处地使用香水，才会收到意想不到的好效果。所以，想做一个聪明的用“香”高手，就必须注意以上的技巧。

第八章

愿你做自己的主人，活成自己喜欢的样子

你是唯一，你很重要

有这样一种思维，在这个世界上，少了我就如同少了一只蚂蚁，没有分量的我，又有什么重要？但是，作为独一无二的“我”，真的不重要吗？不，绝不是这样，“我”很重要。

当我们对自己说出“我很重要”这句话的时候，“我”的心灵一下子充盈了。是的，“我”很重要。

“我”是由无数星辰日月草木山川的精华汇聚而成的。只要计算一下我们一生吃进去多少谷物，饮下了多少清水，才凝聚成这么一具强壮高大的躯体，我们一定会为那数字的庞大而惊讶。世界付出了这么多才塑造了这么一个“我”，难道“我”不重要吗？

你所做的事，别人不一定做得来；而且，你之所以为你，必定是有一些相当特殊的地方——我们姑且称之为特质吧！而这些特质又是别人无法模仿的。

既然别人无法完全模仿你，也不一定做得来你能做得了的事，试想，他们怎么可能取代你的位置，来替你做些什么呢？所以，你不相信自己，又有谁会相信你？况且，每个来到这个世上的人，都已被赋予了与众不同的特质，所以每个人都会以独特的方式来与他人互动，进而感动别人。要是你不相信的话，不妨想想：有谁的基因会和你完全相同？有谁的个性会和你一毫不差？

由此，你应相信：你存在于这世上的目的，是别人无法取代的。

不过，有时候别人（或者是整个大环境）会怀疑我们的价值，时间一长，连我们都会对自己的重要性感到怀疑。请你千万不要让这类事情发生在你身上，否则你会一辈子都无法抬起头来。

记住！你要相信自己很重要。

“我很重要。没有人能替代我，就像我不能替代别人。我很重要。”

生活就是这样的，无论是有意还是无意，我们都要对自己有信心。不要总是拿自己的短处去对比人家的长处，却忽视了自己也有人所不及的地方。自卑是心灵的腐蚀剂，自信却是心灵的发电机。所以我们无论身处何境，都不要让自卑的冰雪侵占心灵，而应燃烧自信的火炬，始终相信自己是最优秀的，这样才能调动生命的潜能，去创造无限美好的生活。

也许我们很渺小，但这丝毫不意味着我们不重要。重要并不是伟大的同义词，它是心灵对生命的允诺。人们常常从成就事业的角度，断定自己是否重要。但这并不应该成为标准，只要我们在时刻努力着，为光明在奋斗着，我们就是无比重要地存在着，不可替代地存在着。

让我们昂起头，对着我们这颗美丽的星球上无数的生灵，响亮地宣布：我很重要。

面对这么重要的自己，我们有什么理由不去爱自己呢？

灵魂有腔调，才不会被欲望支配

托尔斯泰说：“欲望越小，人生就越幸福。”一个女人如果欲望太多，她就会变得贪婪，一个永不知足的女人是无法感受到幸福的。

人，饥而欲食，渴而欲饮，寒而欲衣，劳而欲息。幸福与人的基本生存需要是分不开的。人们在现实中感受或意识到的幸福，通常表现为自身需要的满足状态。人的生存和发展的需要得到了满足，便会产生内在的幸福感。幸福感是一种心满意足的状态，植根于人的需求对象的土壤里。

然而，现实生活中，很多女人总是不满足于自己所拥有的，总有着许许多多的欲望。法国哲学家卢俊说：“10岁时被点心、20岁被恋人、30岁被快乐、40岁被野心、80岁被贪婪所俘虏。人到什么时候才能只追求睿智呢？”的确，人心不知足，是因为物欲太盛。

有一个男人，经过了自己的艰苦努力，终于拥有了自己的事业和家庭，房子、车子在他的生活中样样齐全。投身商海多年，没日没夜地奔波，有一天他终于感觉累了、疲倦了。看着渐渐发福的妻子，他不由得感叹道："在这个社会上，我们也算小富有余了，我想好好休整一年，然后去找个简单的工作。"

妻子不满地说："作为男人，要有远大志向，不能小富即安，我们离真正的富翁还差太远。"妻子的话像针般深深地扎进男人的心中，男人的心在那一刻颤抖了一下，人活着究竟为什么，就为那些花花绿绿的钞票？他迷茫了。然而未等他再展宏图，他却倒下了，医院的检查结果报告上清晰地写着两个字：肺癌。他跌坐在椅子上，医生握着他的手，安慰他："慢慢调养，保持快乐的心情。"

回到家中，他感觉房子突然间变小了，妻子也变得陌生，好像不认识了。他整天一句话也不说，常常面对着窗外的小鸟发呆，自己再也飞不高了，什么创业，什么人生，什么追求，现在都失去了意义。

终于有一天，他头也不回地走了，留给他妻子的只是一句短短的留言：欲望是滋生祸端的根源。他的妻子看到这短短的一行个字，没有说一句话，只是泪流满面。

欲望一方面是人们不懈追求的原动力，于是有"人往高处走，水往低处流"的箴言；另一方面也诠释了"有了千田想万田，当了皇帝想成仙"的人性中的致命弱点。

事实上，我们所拥有的并不少，而仅仅因为欲望太多就使自己不满足，甚至憎恨别人所拥有的或期望比别人拥有更多，以致产生忧愁、愤怒和不平衡感。欲望太多，就会导致心理贫穷！相反，如果我们能够做到知足常乐、适可而止，我们的生活将会充满幸福和快乐。

在某个山区有一位还未脱贫的农民，他住的是常年漆黑的窑洞，顿顿吃的是玉米、土豆，家里最值钱的东西就是一个盛面的柜子。可他整天无忧无虑，早上唱着山歌去干活，太阳落山又唱着山歌走回家。别人都不明白，他整天乐什么呢？

他说："我渴了有水解渴，饿了有饭吃，夏天住在窑洞里不用电扇，冬天热乎乎的炕头胜过暖气，日子过得美极了！"

这位农民物质上并不富裕，但他却由衷地感到幸福。因为他没有太多的欲望。

正如《伊索寓言》里所说的："有些人因为贪婪，想得到更多的东西，却把现在拥有的也失去了。"

所以，女人在生活中应该明白这样一个道理：即使你拥有整个世界，但你一天也只能吃三餐。这是人生思悟后的清醒，谁真正懂得它的含义，谁就能活得轻松，过得自在，白天知足常乐，夜里睡得安宁，走路感觉踏实，蓦然回首时没有遗憾！

人生在世，有些欲望是自然而必要的，有些欲望是非自然而不必要的。前者包括水和面包，后者就是指权欲和金钱等。

人赤条条地来去于这个世界，不可能永久地拥有什么，当你煞费心机所得到的一切又在自己赤条条地离开之前交给他人的时候，那将是怎样的一种心情呢？相反，假使我们能对现有的一切感到满足，那么，我们便会活得洒脱、自得其乐。所以作为女人更应该知足常乐，做欲望的主人。难怪有人说：“人生是这样短暂，我们纵然身在陋巷，也应享受这美好的时光。”

懂得放弃的姑娘灵魂会跳舞

在生活中，很多女人都在为自己美好而绚丽的梦想苦苦追寻。遗憾的是，能实现梦想的女人很少很少。没有实现梦想的女人，往往是因为一开始就定下自己根本无法达到的目标，最终梦想只能变成泡影。

每个女人的时间都是有限的，有许多事情是不值得花费太多的时间去完成的。如果是一件于己无益的事，适时地放弃也许才是最明智的选择。

一位从事室内设计的工程师谈到关于简约的空间美学的话题时说：“就建筑或者室内设计而言，简约比复杂的难度还要高上许多，因为加上东西是容易的，可是要减掉东西，却需要更多、更敏锐的美学素养与判断能力。”

其实，懂得放弃，是人生更难、更深的课题。从呱呱落地开始，我们一直都是用加法来面对人生的课题：从生理上的需求，如吃穿，到心理感情上的丰富；从知识上的不断学习与吸收，到物质或成就上的累积。

可是，这些加法却在许多时候，成为牵绊我们，让我们困惑、停滞的绳索，因为加法并不是面对人生课题时唯一的做法，有些时候，你必须用“减法”才能够解开难题。而所谓的减法，正是放弃的艺术。

无论你的选择是什么，你注定会失去一些东西，也注定会在失去的同时获得另外一些东西。其实有时得到什么、失去什么，我们心里都很清楚，只是觉得每样东西都有它的好处，哪样都舍不得放手。

几十年的人生旅途，需要我们放弃的东西很多，古人云：鱼和熊掌不可兼得。如果不是我们应该拥有的，就要学会放弃。我们学会了放弃，我们才拥有成熟的心态，才会活得更加充实、坦然和轻松。

在大学毕业分别的那一刻，当同窗数载的同学紧握双手，互相轻声说保重的时候，每个人都泪流满面……放弃一段友谊固然会依依不舍，但是每个人毕竟都有各自的旅程，我们又怎能长相厮守呢？固守着一位朋友，只会挡住我们人生旅程的视线，让我们错过一些更为美好的山水。学会放弃，我们就有可能拥有更为广阔的友情天空。

又如，我们放弃一场刻骨铭心的恋情也是比较困难的。但是既然那段岁月已悠然遁去，既然那个背影已渐行渐远，又何必要在一个地点苦苦地守望呢？不如冷静地后退一步，学会放弃，一切都会柳暗花明。

任何一个想要成功的女人，不仅要敢于梦想，敢于追求，敢于迎接各种各样的挑战，敢于为实现自己的目标而奋发进取，还要学会选择和放弃。

一个成功的女人，或者一个有着明确的奋斗目标并渴望成功的女人，之所以能够取得成功，是因为她舍得放弃那些在旁人看来是珍贵的东西。

在现实生活中，也有很多女人，她们舍不得放弃任何东西。因为不想放弃、不想放手，所以有很多无奈和痛苦，因而深陷在无法自拔的困境之中。

放弃是一种顾全大局的果敢。放弃同样需要勇气和胆略。面对全军覆没的危险，有胆略的军事家会说：三十六计走为上计。面对将要破产倒闭的厄运，有眼光的企业家会说：留得青山在，不怕没柴烧。只有落水的财主才因舍不得腰间沉甸甸的铜钱而最终葬身鱼腹。

放弃是一种泰然处之的大度。汲汲于名利者永远不会满足。金山银山，换不来会心一笑；机关算尽，只留下千古骂名。请记住赫拉克利特的话：最优秀的人宁愿只要一件东西，而不要其他一切。

懂得放弃才有快乐，背着包袱走路总是很辛苦。中国历史上，“魏晋风度”常受到称颂，他们于佛、老子、孔子，哪一家也说不上，但是哪一家都有一点，在入世的生活里，又拥有一份出世的心情，说到底，是一种随性、洒脱的心态。

女性同胞们，学会放弃吧！放弃并不代表失败和气馁，适时的放弃是为了更少地失去。适当地有所放弃，正是我们获得内心平和、获得快乐的途径。

心存感恩，才能幸福快乐

自私的女人拥有再多也难以获得快乐，而拥有一颗感恩的心的女人即便物质生活再贫穷，也可以拥有更多的快乐。

有这样一位姓姜的老师，幼时小儿麻痹让她无法像正常人一样站立行走。但她心灵手巧，在生计问题上，干什么都可以挣钱养活自己，而且比当老师挣钱多。但当村领导找到她时，她毅然选择了当教师。因为她知道村里由于没有人愿意当老师，已经停课一年多了，而山里的条件也让许多孩子辍学在家。就在这种情况下，她开始了自己的教学生涯。这份工作对于常人而言没什么困难，但对姜老师而言，她不得不面对眼前的一切困难：第一，学校已经没有学生，她得挨家挨户地去家访，争取让他们回学校，但山路难走，学生们的家又相距很远，甚至在家访中还得穿过森林。第二，她自己不能站立行走，为了能把学生请回教室，她为自己做了一双特殊的像船一样的鞋子固定在膝盖下，帮她攀爬陡峭的山路。为了在穿过森林时不至于被野兽当作口中食，她还专门做了一只铜哨吓唬野兽。在那双特殊的鞋和铜哨的陪伴下，她将七十多个学生请回了学校。几十年间，她的脚印遍布周边的 7 个山区。

她将近 60 岁时，在社会各界的关心下，医院给她做了手术，她第一次站了起来，第一次穿上鞋。面对这一切，在多少困难面前从没抱怨过一句的姜教师不禁潸然泪下。她说：“感谢社会的关爱，第一次站起来、第一次穿上鞋的机会都是社会给予的，我感谢社会。”一个为社会无私奉献了一生的人理应受到社会的关爱，而她对此充满了感激。

读过这位老师的事迹，我们不得不对她的那颗感恩的心肃然起敬。

在日常生活中，常有父母抱怨孩子们不听话，孩子们抱怨父母不理解他们，男朋友抱怨女朋友不够温柔，女孩子抱怨男孩子不够体贴；在工作中，也常出现领导埋怨下级工作不得力，而下级埋怨上级不够理解，不能发挥自己的才能。总之，对生活永远是一种抱怨，而不是一种感激。他们只是在意自己没有得到什么好处，却不曾想别人付出了多少。

心胸若只能容得下私利，就得不到幸福。

如果你要拥有美好的生活，就应培养感恩的心。当然，感激不是天生就有的，它是培养出来的，许多人从未真正感觉到它。我们只注意我们需要什么，却很少注意这些东西是别人付出多少代价换来的。

事实上，心存感恩的女人在精神上是一个富有者。人若心怀感恩之情，心灵会时时得到滋润，并时时闪烁纯净的光芒。

拥有了感恩的心，即使遇到再大的灾难，也能熬过去。

每个女人都应该明白，生命的整体是相互依存的，世界上每一样东西都依赖其他东西。父母的养育，师长的教诲，配偶的关爱，他人的服务，大自然的慷慨赐予……你从出生起，便沉浸在恩惠的海洋里。

只有真正明白了这个道理，才会感恩大自然的福佑，感恩父母的养育，感恩社会的安定，感恩食之香甜，感恩衣之温暖，感恩花草鱼虫，感恩苦难逆境。就连自己的敌人，也不忘"感恩"，因为真正促使自己成功，使自己变得机智勇敢、豁达大度的，不是优裕和顺境，而是那些常常可以置自己于死地的打击、挫折和对手。挪威著名的剧作家亨利·易卜生把自己的对手瑞典剧作家斯特林堡的画像放在桌子上，一边写作，一边看着画像，以此激励自己。易卜生说："他是我的死对头，但我不去伤害他，把他放在桌子上，让他看着我写作。"据说，易卜生在对手目光的关注下，完成了《培尔·金特》《社会支柱》《玩偶之家》等世界戏剧文化中的经典之作。

一个心胸开阔的女人，当她意识到上天的赐予有多丰厚时，她会真正地谦卑起来，她感激别人对她生活所做的贡献。任何人都应该明白她从别人那儿接受的东西有多少，以一颗感恩的心使自己幸福、快乐。

有了感恩之心，人与人之间才会变得和谐、亲切，而这种感恩之心也会使我们变得愉快和健康。

懂得取悦自己的姑娘，颜值都很高

由于社会角色、受教育程度、内分泌等多方面的因素，决定了女人更容易情绪波动。

美国一位著名教育家说："成功的实例太多，不由得我们不相信，人人都有自由改变自己、改变信仰以及我们的目的与目标。我们可以选择爱或恨，快乐或绝望，自由或受压迫，原谅或痛恨。自由包括为选择负责。长期而言，我们为自己的一生，以及如何度过此生负责。"快乐不快乐，并非取决于我们经历的事情，而在于我们选择什么样的态度对待它们。所以，快乐与不快乐的阀门由我们控制。

选择快乐的权利在我们自己手中，然而，我们却很少愿意承担自己不快乐的责任。那么，到底是些什么原因使女人不快乐呢?

1. 追求十全十美

不少女人幻想十全十美，甚至有些人觉得这至少是一个优点。在恋爱婚姻方面，女人幻想没有冲突的男女关系，花费大量的时间去比较拥有的与梦想应该获得恋情之间有多少差距，悲叹欠缺的部分。

如果女人能够接受世上没有完美的爱而只有人性的爱这个事实，或许会把全部的精力用来享受、珍惜我们所拥有的爱。也有一些女人会按照十全十美的幻想苛求自己，必须使自己完美无瑕。当这种观念走到极端，有些女人可能因为一锅肉烧焦了就想自杀，也有女人会为花园发狂，只因为她决心把邻居的草坪都比下去。这些女人把一点小错误或者是一丁点不完美，看成她们小心耕耘出来的形象上永远无法消除的污点。这样的女人一旦打消了令人神经过敏的十全十美的要求，就可以摆脱自己强加给生命的沉重压力，从错误中学习，而不会被错误所摧毁。

2. 面对问题时，固守一种解决方法而不会创造性地解决

例如，小张向女友小李保证，2点整一定打电话给她。到了1点钟，小李已经准备接电话；2点，她开始焦虑不安；2点半，她感到十分沮丧；到了3点，她愤怒难当；4点，她气哭了……苦恼盘踞了小李的思维，想象力也脱缰而去。

事实上，小李还有很多选择：她可以拨电话给小张，也可以找朋友去看电影，甚至可以写首诗或写封信来抒发内心的郁闷之情……

3. 尝试改变无法改变的事

我们唯一可以改变的是自己，我们可以自由地改变自己对世界的观感、应变的方式、待人之道、信仰与作为。但是我们若想要改变他人，就会产生挫折感和失望感。

其实，细心地观察他人，发现他人的优点与长处，才是被他人接受的唯一有效的途径。利人才能利己，放弃自己才能找到自己。如果真想改变别人，最好的办法是摆出一桌丰盛的“选择盛宴”，邀请他们来分享我们的提议，容许他们保有接受或拒绝的

特权。不快乐是我们自己造成的，是我们的选择，并且是我们自己亲自允许它成为我们的结局的。

选择快乐的最大挑战是身处挫折困境之中仍然选择快乐，因为这时才能真正看出一个人选择快乐的勇气和智慧。生活中的每个女人，都承担着各自的社会责任，都会遭遇挫折和困难，聪明的女人面对冲突时始终能够把握痛苦和不幸，懂得缓解自己的压力和情绪，让自己快乐起来。

一般的心理问题都可以自我调节，每个女人都可以用多种方法自我放松，缓和自身的心理压力并排解心中的矛盾和郁闷，让自己快乐。

1. 向信任的朋友倾诉心中的烦恼

倾诉是最好的减压方式，与知心朋友谈谈，心里会好受许多，轻松许多。

2. 找心理医生

面对“心病”，关键是女人如何去认识它，并以正确的心态去对待它。人都是需要经常进行自我反思的。在心理医生的指导下，找出自己的不足，发现问题的所在，才能找到生活的快乐。

3. 学会自我调节

我们找心理医生看病还不能像看感冒发烧那样方便，但提高自己的心理素质，每个人都可以在心理疾患发展的某些阶段成为自己的“心理医生”。掌握一定的心理卫生科学知识，正确认识心理问题出现的原因，冷静清醒地分析问题的因果关系。

每个女人都渴望“有我所爱”，岂不知，“爱我所有”才是最大的快乐。大哲学家尼采说：人生就是一场苦难。的确，诸如感情破裂、亲人丧失、疾病缠绕、遭遇失业、为温饱而挣扎……种种苦难充斥着我们的生活。也许正是因为人生烦恼太多、痛苦太甚、快乐太少、愉悦难觅，所以我们总以渴望之心祈祷：“愿快乐永驻！”

快乐是人生永恒的主题，是女人天生就喜爱的东西，生活中如果缺少了快乐，就如同饭菜中没有了盐一样，缺乏了最基本的味道。而一个女人快乐与否，不在于她拥有什么。其实，生活中的每个女人都会有痛苦、不幸。一个真正懂得主宰自己生活的女人，绝不会为自己没有的东西悲伤，反而会为自己已经拥有的东西感到快乐和喜悦。乐观豁达的女人，能把平凡的日子过得富有情趣，能把沉重的生活过得轻松活泼，快乐也就随之而来。而悲观懊丧的女人，总是把烦恼挂在嘴角，总是把苦难写在脸上，总是把忧愁闷在心里，这样，快乐必然逃之夭夭。

当美丽变成平和从容时才是永恒

平和是一种心性的修养，是一种品德的修养；平和是面对人生、面对社会表现的一种人生境界，一种人生哲学。女人的心态，决定她是否快乐。保持一种平和的心态，是快乐之本。

人有所欲，但这种欲望不能左右于人，人的一生就是在得失、输赢之间博弈。但人往往越是得不到的东西，越想疯狂地去追求，已经拥有的东西却不知道珍惜。所谓“天下熙熙皆为利来，天下攘攘皆为利往”，就是追逐欲望最真实的写照。要知道，不切实际的欲望是永远填不满的，无止境地贪求外物，只能使人迷途，使人发狂，使人烦恼顿生，使人丢失平和的心。

在日常的工作和生活中，我们应该保持平和的心态。拥有平和的心态，会让人感到烦恼少了，快乐多了，友谊单纯了许多，生活质量好像也高了，但是我们怎样才能做到平和呢？因为我们大家都生活在社会这“名利场”中，以往发生在我们身上的抱怨、不满、自卑、妒忌等种种情绪或行为都使我们远离了“平和”。

有时候我们觉得对同样一件事物或一件事，从不同的角度，用不同的心情去观察、去品味，得出的结果和感受是完全不同的。比如，你面对工作中的失误，抱着一种推诿的心态，就会寻找理由为自己开脱，就不可能在工作中得到快乐。但如果你勇于承担责任，你就会对工作有一种热情，因此有些人无论在什么位置、什么处境，总能找到快乐的理由、快乐的方式，可有些人就做不到这点。这两者的区别，就在于各自拥有不同的心态，所以让我们换个角度去思考问题、换种态度去对待问题，始终拥有一颗平和的心，你就会拥有快乐，享受快乐。从这个角度来讲，拥有一颗平和的心，就要付出奉献，而不计较回报。

有人曾问苏格拉底：“请告诉我，为什么我从未见过您蹙眉，您的心情怎么总是这样好呢？”苏格拉底答道：“我没有那种失去了它就使我感到遗憾的东西。”“不以物喜，不以己悲”，这是人生的一种境界。跌倒了并不可怕，重要的是懂得站起来时手里能够抓到一把沙子。

任何一次成功都仅仅是人生旅途中的一个驿站，它源于平实，终于平实。一个社会格局的开创固然需要很多野心勃勃的人物的创造，但一个社会是否能够持久安定，维持文化的尊严与品格还是需要全社会都建立和培养一种平和的心态。

平和的心态是人生一种至高的境界，一种面对世俗的繁华，常保内心的平和与达观的况味。人的一生中在某一段时期内保持平和的心态并不太难，难的是在荣誉、地位纷至沓来时，仍能保持一份平和的心态。

居里夫人是法国著名物理学家和化学家，是第一个得到诺贝尔物理学奖和化学奖的女科学家。这位在学术上取得巨大成就的科学家，终其一生以一种平和的心态面对生活，无论是困苦抑或是富裕，失败抑或是荣耀。

在竞争日益激烈的今天，学会保持平和的心态对身体健康乃至事业的成败都是至关重要的。平和的心态对健康所起的积极作用，是任何药物都不能替代的。俗话说“心静自然凉”，如果人的心态、心境能够悠然、恬静、积极健康、顺其自然，那么即使是在炎热的夏天，也会有清凉的感觉。有人说古人生活在田园之间，“采菊东篱下，悠然见南山”这种典型的农业文明下，不需要面对那么多的诱惑，自然能够做到心态平和。这话也有一定的道理，在物欲横流、诱惑重重的今天能够做到平和并非易事。在当今时代，我们不断地面对各种各样的诱惑，不断地吸收五花八门的信息，不断地追求和积累所谓的人生价值，面对纷繁复杂的大千世界，久而久之，连我们自己都会被搅得晕头转向，不知道自己所要的是什么。我们积累了太多关于名誉、地位、财富、学历的欲念，同时也积累了很多兴奋、自豪、快乐、幸福以及烦恼郁闷、懊悔自卑、挫折、沮丧、愤怒、仇恨、压力种种复杂的情绪。我们会时常为之所动，甚至神魂颠倒，被外界的刺激搅得心神不宁，甚至坐卧不安。我们要稳固我们生活的重心，回归平和的心态，常常给自己的心灵洗一洗澡，经常将这些积累的东西分类整理，抛弃不该占据你心灵空间的“废物”。吐故纳新之后，就如同你在擦拭掉门窗上的尘埃与地面上的污垢，把一切整理就绪之后，整个人的心灵得到荡涤一样，获得一种快意无比的心理释放，从而你的心态自然也会保持平和。

要想拥有平和的心态，还可以通过交流的方法去释放精神上的压力，可以通过自身的眼界，提高自己的思想境界。我们往往被困于一个小天地，当你放眼世界、放眼社会，也许你就会发现面临的问题是那么的渺小，问题变小了，勇气和信心自然就壮大起来。作为女性，更重要的是看自己用何种方法适时调节自己的心态，特别是压力过重的今天，不要看重名利，要随遇而安，让自己有一种清净的心态，可以多看看书，多听听音乐，特别是自己心乱如麻时，请放慢脚步，让心绪平静下来。

平和的心态，是我们每一个女人都需要的，也是我们应该努力的方向。用平和的心态来看待一切，用平和的心态来对待一切，这样我们的心就会更宽广。心宽了，感觉就好了，看什么都觉得顺眼，做什么都觉得顺心。如此，幸福的感觉就会油然而生。

“平和”二字虽简单，但要做到的确不易。心胸开阔点，名利淡泊点，让每一天都过得平平淡淡点，快乐就会永恒！

换个角度看问题，女人格局越大越美丽

换一种角度看待问题，并不是一件简单的事情。

我们要换一种看问题的角度。也就是说不要停留在问题的表面来看问题，而要跳出这个问题的核心，以一个旁观者来理解并综观事件的发生始末，再以冷静的心态分析为什么事情能发展到今天这个状态，或者是说事情在何种情况下获得了成功，然后是这个结果会不会持续很久，如果不能的话，它将要向哪个方向发展。

莎利是一家大公司的高级主管，她正处于两难的境地，她非常喜欢自己的工作，她很喜欢工作带来的丰厚薪水——她的位置使她的薪水只增不减。但是，她非常讨厌她的上司，经过多年

的忍受，她发觉已经到了忍无可忍的地步了。在经过慎重思考之后，她决定去猎头公司重新谋一个别的公司高级主管的职位。猎头公司告诉她，以她的条件，再找一个类似的职位并不费劲。

回到家中，莎利把这一切告诉了她的丈夫。她的丈夫是一名教师，那天刚刚教学生如何重新界定问题，也就是把你正在面对的问题换一个面考虑。把正在面对的问题完全颠倒过来看——不仅要和你以往看这问题的角度不同，也要和其他人看这问题的角度不同。他把上课的内容讲给莎利听，这给了莎利很大启发，一个大胆的创意在她脑中浮现。

第二天，她又来到猎头公司，这次她是请猎头公司替她的上司找工作。不久，她的上司接到了猎头公司打来的电话，请他去别的公司高就。尽管他完全不知道这是他的下属和猎头公司共同努力的结果，但正好这位上司对自己现在的工作也厌倦了，所以没有考虑多久，他就接受了这份新工作。

这件事最美妙的地方，就在于上司接受了新的工作，他目前的位置空出来了。莎利申请了这个位置，于是她就坐上了以前她上司的位置。

在这个故事中，莎利本意是想替自己找个新工作，以躲开令自己讨厌的上司。但她的丈夫教她换个角度想问题，就是替她的上司而不是她自己找一份新的工作，结果，她不仅仍然干着自己喜欢的工作，而且摆脱了令自己烦心的上司。

在现实生活中，当你遇到事情时，也不妨换个角度去思考，或许烦恼摆脱了，一切都豁然开朗了。

比如，我们都经历过这样的事情或者说我们正在经历着这样的事情：父母总是对我们提出各种各样的要求，比如说学习上不仅要努力，还要冲刺考第一；好不容易上了专科却发现，上面还有本科，于是专科学完了还要上本科；好不容易本科毕业工作了，却发现在工作上还要出色，生活上要俭朴勤快，最好所有家务都能做……

有时候心里真的有一肚子的火想要发泄，可是我们不能。这时候，我们就得换位思考了。站在父母的角度想一想，他们也是为我们好，“望女成凤”是每个父母所共有的通病。如果有一天我们自己也做了父母，那么毫无疑问，我们肯定也会成为他们的翻版，也会对自己的孩子提出这样那样的要求。想到这些，你的心里是不是好受了许多，是不是开始珍惜起父母的这些唠叨了呢？

面对同一个问题，换一个角度去思考，答案就截然不同。

每个人都是自私的，人与人之间之所以经常发生冲突，最大的原因就是自私。我们往往在争论中各抒己见，互不相让，并因此有可能导致过激的言行而使人际关系恶化。而我们都知道人际关系恶化不仅有害心理健康，更不利于个人的生存环境，根本就无快乐可言。

要避免这种情况的发生，我们就需要心理换位，也就是说试着站到对方的立场上去思考，以对方的身份来思考自己提出的要求，这时你就会发现其实对方的观点也不无道理，而自己的要求却似乎有点过分。

战胜自卑，你比自己想的更勇敢

在生活中，很多女人不能走出生存的困境，大多是因为她们对自己信心不足。她们就像一棵脆弱的小草一样，毫无信心去经历风雨，于是产生了自卑心理。所谓自卑，就是轻视自己，自己看不起自己。自卑心理严重的女人，并不一定是其本身具有某些缺陷或短处，而是不能悦纳自己，自惭形秽，常把自己放在一个低人一等，不被自我喜欢，进而演绎成别人也看不起自己的位置，并由此陷入不能自拔的痛苦境地，心里笼罩着永不消散的愁云。

自卑的女人，情绪低沉，郁郁寡欢，常因害怕别人看不起自己而不愿与人来往，只想与人疏远，缺少朋友，顾影自怜，甚至自疚、自责、自馁；自卑的女人，缺乏自信，优柔寡断，毫无竞争意识，抓不住稍纵即逝的机会，享受不到成功的乐趣；自卑的女人，常感疲倦，心灰意懒，注意力不集中，工作没有效率，缺少生活情趣。

有一位女大学生，毕业后被分配在一个偏远闭塞的小镇任教。昔日的同窗有的到大城市工作，有的到大企业，有的投身商海，她充满梦想的象牙塔坍塌了，残酷的现实，使她好似从天堂掉进了地狱。自卑和不平衡感油然而生，从此她不愿与同学或朋友见面，不参加公开的社交活动。为了改变自己的现实处境，她寄希望于报考研究生，并将此看作唯一的出路。但是，强烈的自卑与自尊交织的心理让她无法平静，在路上或商店偶然遇到一个同学，都会让她好几天无法安心学习，她痛苦极了。为了考试，为了将来，她每每拿起书本，却又因极度的厌倦而毫无成效。她说："一看到书就头疼。一个英语单词记不住两分钟；读完一篇文章，头脑仍是一片空白。最后连一些学过的知识也忘记了。我的智力已经不行了，这可恶的环境让我无法安心，我恨我自己，我恨每一个人。"几次失败以后她不再努力，荒废了学业，她彻底崩溃了。当年的同学再遇到她，已认不出她了。短短的几年却成了她一生的终结。

从这位女大学生的生存状况，我们可以看出，自卑的心态就像一条啃啮心灵的毒蛇，不仅吸食心灵的新鲜血液，让人失去生存的勇气，还在其中注入厌世和绝望的毒液，最后让健康的肌体在痛苦中死亡。

在人生的崎岖小路上，自卑这条毒蛇随时都会悄然出现，特别是当人劳累、困乏、困惑的时候，更要加倍警惕。德国哲学家黑格尔说："自卑往往伴随着懈怠。"自卑是你前进道路上的绊脚石，可以使一个人的活动积极性与能力大大降低。虽然偶尔自卑是正常现象，但长期处于自卑之中就是一场灾难了。自卑的根源是过分否定和低估自己，过分重视别人的意见，并将别人看得过于高大而把自己看得过于卑微。

只有控制住自卑心态，你才能成为一个有主动创造精神的女人，才能开拓事业的新局面，才会勇于承担责任，成为一个有责任心的女人。而任何一个在事业上有所作为的女人，都是有责任心的女人。只有摒弃自卑感，才会积极思考，才会产生奇迹；才会积极跨越各种障碍，成为一个不畏困难的女人；才会不断完善自己，走向成功。

改变自卑心理，首先要正确地认识自己和评价自己。“尺有所短，寸有所长”，每个女人都是既有优点又有缺点的。自卑的女人要学会正确看待自己的优缺点，努力发现自己的可爱之处，学会欣赏自己的优点。

改变自卑，还要学会科学的比较。要学会掌握正确的比较方法，建立合适的参照点。用自己的缺点与别人的优点比，肯定只会长他人志气，灭自己的威风，最终落进自卑的泥潭，失去前进的动力。当然，也不能从一个极端走向另一个极端，是用自己的长处去比别人的短处，总觉得自己比别人高出一筹，产生扬扬自得、不可一世的心理。这两种情况都是成功的大敌，需要我们在成长的过程中予以重视，既不要因与他人比较而失去信心，也不要因此而沾沾自喜。通过科学的比较，发现自身的长处，明了自身的欠缺与不足，比出信心，比出勇气，为自己的成功增添动力。

改变自卑心理，要根据自己的欠缺与不足，有意识地加以改进，努力使自己成为一个全面发展的人。

清醒地认识自己，保持不满足感，别把时间浪费在自卑的嗟叹中，而应致力于完善自我、不断前进的努力中，这样，我们就会感到自卑并非不可战胜。女人在生活中，只有正确地认识了自己，了解了自己，才能找到自信，战胜自卑心理。

与压力共舞，收拾好心情继续赶路

长期以来，女性一直认同着社会中以男性视角对自身的看法，即女性是柔弱的、是需要保护和照顾的，这一点在女性择偶上得到了充分的体现。然而现实生活并非如此，女性在承受着和男性同样的工作压力时，往往又比男性承担着更多的照顾子女和从事家务劳动等事宜，她们的付出不被家人认可的情况也时有发生，而且她们在成功方面被社会认可的程度也比较低，压力由此而生。

在外人眼中，38 岁的张女士有一份不错的工作和一个令人羡慕的和谐家庭，儿子就读于一所重点中学，丈夫位居要职。然而只有她自己知道，自己正处在怎样的压力中。就职于某国企的她，尽管目前自己在岗位上做得很好，但由于行业间竞争的加剧，单位的改革力度和竞争气氛也不断增强，使她不时有一种危机感；而每天下班后等着自己去做的繁重家务以及正上初二的儿子与自己冲突的增多，又使她感到了生活的压力。更为苦恼的是，就职于某机关的丈夫正处于事业发展的鼎盛阶段，常常不着家，夫妻间的交流逐渐减少，婚姻的不安全感也时常困扰着她。

目前许多职业女性都面临着和张女士一样的压力和困扰，对工作和生活她们都感到有些累，她们也迫切地希望从紧张和不安的情绪中解脱出来。其实，女性的这种压力一方面是由当前竞争不断激烈的社会现实和社会生活的不断信息化、高科技化造成的，这种压力在所难免；另一方面则来自女性内心。

那么面对压力，女性该如何缓解呢？以下是专家对感到有压力的女性的几点忠告：

（1）愉快地生活。无论在家里，在工作场所或在娱乐时，都要学会热爱生活、享受生活。

（2）有意义地生活。学会确立生活中小而具体的目标，并努力去实现。

避免目标过于远大，因为目标与自己能力相去甚远时，往往会出现“心比天高，命比纸薄”的状况。

（3）自信与乐观。生活并非如镜子般平静，因此在遇到挫折和处于低谷时，自信和乐观尤为重要，切不可自暴自弃，不妨以“天生我才必有用”自勉。

（4）遇事莫慌，学会放松。情绪的过分紧张和焦虑，会影响一个人解决问题的能力；而生活中常常会遇到一些始料不及的事，应学会放松，调节自己的情绪，保持生活的规律和睡眠的充足，以饱满的精神状态面对并解决问题。

（5）改变认识，柳暗花明。学会换个角度看问题，有时你感到沮丧、绝望的问题，其实也有令人乐观的一面，正如俗语所说："塞翁失马，焉知非福。"

（6）寻求支持，分担痛苦。与人分忧是助人为乐的一种形式，生活中绝大多数人有一颗助人为乐的心。因此，遇到挫折和难以解决的问题时，应学会倾诉和寻求帮助，这样做并非软弱无能。

（7）面对现实，改变对策。回避挫折只是暂时的解脱，只有面对，才能使自己走向成熟。

总之，女性应该时时记住——不能让社会适应自己，只有让自己适应社会。相信以下几点对许多女性也有一定的指导作用：

（1）不要对丈夫要求太高。丈夫为家庭提供经济保障，作为妻子就不要太苛求丈夫的太多的陪伴；而能给自己带来精神抚慰的丈夫，妻子就不要强求他做个挣钱高手。

（2）不要对自己要求太高。工作上给自己定一个差不多的目标，不要太在意上司对自己的评价。否则，遇到挫折就可能导致身心疲惫。

（3）不要处处谨小慎微，要有点"我行我素"的气魄。

（4）有一两个闺中密友。许多女人不喜欢交同性朋友，其实不顺心的时候找个女友倾诉一番，烦恼便少了许多。

女人不需要一生都背着重负前行。累与不累，就在于你能不能给自己的心理减压。

抛开抱怨，带上最好的自己出发

“抱怨”和“不满”是女人常有的情绪，也是最容易被善于找借口的女人利用的。几乎在每一个公司里，都有“牢骚族”或“抱怨族”，她们每天轮流把“枪口”指向公司里的任何一个角落，埋怨这个、批评那个，而且，从上到下，很少有人能幸免。她们的眼中处处都能看到毛病，因而处处都能看到或听到她们批评、发怒或生气。

喜欢抱怨的人不见得不优秀，但常常不受欢迎。抱怨不仅影响自身情绪，也会影响其他人的情绪，让不明真相的人心理产生波动，也会破坏工作场所的氛围。抱怨就像用烟头烫破一个气球一样，让别人和自己泄气。谁都不愿靠近牢骚满腹的人，怕自己也受到传染。抱怨除了让你丧失勇气和朋友，于事无补。

如果你有时间进行抱怨，那么你就有时间把工作做得更好；如果你已觉得抱怨无济于事，你就应该去寻找克服困难、改变环境的办法；如果你认为抱怨是一种坏习惯，你就应该化抱怨为抱负，变怨气为志气。

娜娜是个公司职员，她已经35岁了，过着平静、舒适的中产阶层的家庭生活。但是，最近她突然连遭四重厄运的打击。丈夫在一次事故中丧生，留下两个小孩。没过多久，女儿被烤面包的油脂烫伤了脸，医生告诉她孩子脸上的伤疤终生难消，她为此伤透了心。她在一家小商店找了份工作，可没过多久，这家商店就关门倒闭了。丈夫给她留下一份小额保险，但是她耽误了最后一次保费的续交期，因此保险公司拒绝支付保险金。

碰到一连串不幸事件后，娜娜近于绝望。她左思右想，为了自救，她决定再做一次努力，尽力拿到保险赔偿。在此之前，她一直与保险公司的业务员打交道。当她想面见经理时，一位接待员告诉她经理出去了。她站在办公室门口无所适从，就在这时，接待员离开了办公桌，机会来了。她毫不犹豫地走进里面的办公室，结果，看见经理独自一人在那里。经理很有礼貌地问候了她。她受到了鼓励，沉着镇静地讲述了索赔时碰到的难题。经理派人取来她的档案，经过再三思索，决定以德为先，给予赔偿，虽然从法律上讲，公司没有承担赔偿的义务。工作人员按照经理的决定为她办理了赔偿手续。

之后，经理欣赏她的干练，又给她安排了很好的工作，并且爱上了她。

厄运不会长久持续下去。所以当遭遇不幸，与其以消极抱怨的心态待之，不如以积极的心态去化解。要相信，终有一天会雨过天晴，而且大雨过后天更蓝。

世界是美丽的，世界也是有缺陷的。人生是美丽的，人生也是有缺陷的；因为美丽，才值得我们活一回；因为有缺陷，才需要我们弥补，需要我们有所作为。

一位伟人曾说：“有所作为是生活中的最高境界。而抱怨则是无所作为，是逃避责任，是放弃义务，是自甘沉沦。”不论我们遇到的是什么境况，喋喋不休地抱怨于事无补，只会把事情弄得更糟，而这绝不是我们的初衷。

不抱怨，不仅是一种平和的心态，更是一种非凡的气度。没有人欣赏好抱怨的女人，因为抱怨不是有出息的行为，真有志气、有出息的女人从来不会抱怨。恐怕没有女人愿意做一个没志气、没出息的女人吧？那么，就把所有抱怨都一齐抛弃，开动脑筋，调整心态，信心十足地做一番事业吧，美好的前程在等着你呢！